Mes années BAC

Les fiches

Enseignement scientifique

Fabien Aoustin
Agrégé de mathématiques

Pascal Chauvel
Agrégé de SVT

Sandrine Schreyeck
Agrégée de physique-chimie

bordas

Crédits photographiques : p. 90 © Eric Isselée / Adobe Stock ; © liskam / Adobe Stock ; © Krakenimages.com / Adobe Stock ; © algre / Adobe Stock ; © voren1 / Adobe Stock ; © Eric Isselée / Adobe Stock

Édition : Elsa Jourdan
Création maquette : Véronique Lefebvre
Mise en pages : Johanne Fontaine pour IDT
Schémas : Sébastien David, STDI

SOMMAIRE

UNE HISTOIRE DU VIVANT

Méthode

À revoir
OK

1

1 DESCRIPTION DE L'ÉPREUVE

- En terminale, l'épreuve d'enseignement scientifique se déroule dans le courant de l'année, entre avril et juin. Elle a pour objectif d'évaluer les connaissances et les compétences figurant au programme, en lien avec trois objectifs généraux de formation :
– comprendre la nature du savoir scientifique et ses méthodes d'élaboration ;
– identifier et mettre en œuvre des pratiques scientifiques, notamment à travers l'utilisation de savoirs et des savoir-faire mathématiques ;
– identifier et comprendre les effets de la science sur les sociétés et sur l'environnement.

- Il s'agit de l'une des épreuves communes de contrôle continu et son organisation relève donc de chaque établissement scolaire. Le sujet est issu de la banque nationale des sujets, les copies sont anonymes et corrigées par d'autres professeurs que les vôtres. La moyenne des notes obtenues aux deux épreuves d'enseignement scientifique en première et en terminale donnera la note finale du bac dans cette matière, avec un coefficient 5.

2 CONTENU DE L'ÉPREUVE

- L'épreuve ne porte que sur deux thèmes parmi les trois étudiés pendant l'année de terminale. Elle a une durée de 2 heures et comporte 2 exercices interdisciplinaires comptant pour 10 points chacun. Chaque exercice présente une cohérence thématique, il porte sur un ou deux thèmes du programme et évalue une ou deux des compétences suivantes :
– exploiter des documents ;
– organiser, effectuer et contrôler des calculs ;
– rédiger une argumentation scientifique.

- Le sujet mentionne si l'usage de la calculatrice est autorisé. Toute formulation des questions est envisageable, du questionnaire à choix multiples (QCM) jusqu'au problème assez complexe avec des questions ouvertes. Dans ce cas, la réponse comporte différentes étapes et vous devez donc construire un raisonnement. Le correcteur peut ainsi évaluer si vous avez compris comment fonctionne une démarche scientifique.

3 SE PRÉPARER

- Bien que le programme fasse partie du tronc commun, il n'est pas si facile à aborder. Certains sujets nécessitent une démarche scientifique rigoureuse, et peuvent donc paraître difficiles, surtout si vous n'avez pas un profil scientifique. Il est nécessaire de travailler régulièrement, apprendre son cours en prenant soin de vérifier que chaque point, chaque notion est bien compris. Comme pour toutes les épreuves du baccalauréat, il est indispensable de s'organiser à l'avance et de commencer tôt les révisions.

4 LE JOUR DE L'ÉPREUVE

- Prenez le temps de bien lire l'énoncé dans son intégralité. Identifiez le travail à réaliser. Repérez les données utiles et reliez-les aux connaissances permettant de trouver la réponse. Rédigez correctement, justifiez les réponses. Dans le cas d'un calcul, donnez l'expression littérale en respectant les notations de l'énoncé et réalisez les conversions nécessaires avant de faire l'application numérique. Donnez le résultat dans l'unité adaptée. Soyez attentif aux résultats absurdes, réfléchissez à la pertinence de vos résultats.

L'atmosphère primitive

☐ À revoir
☐ OK

2

1 LA FORMATION DE LA TERRE

- Depuis l'époque de sa formation, quasi concomitante avec celle du Soleil et des autres planètes du système solaire, la Terre a connu une évolution spécifique de sa surface et de la composition de son atmosphère.

- La Terre s'est constituée à la suite de l'agglomération de gaz et d'éléments de toutes tailles qui entrent en collision, fusionnent et augmentent progressivement de taille. C'est l'accrétion. S'en suit un fort bombardement météorique libérateur de chaleur à l'origine de sa fusion initiale. Son refroidissement entraîne la formation de la croute dont l'âge est estimé à 4,6 Ga (Ga ou giga année = 10^9 ans) et du manteau solide. La roche la plus ancienne a été datée d'un peu plus de 4 Ga. C'est le dégazage du manteau, lié à un volcanisme intense, qui est à l'origine de l'atmosphère terrestre primitive réductrice qui sera retenue grâce à la gravité terrestre. Le bombardement de chondrites et de comètes qui continue jusqu'à environ – 3,9 Ga continue à enrichir l'atmosphère en différents gaz, et notamment en eau.

2 L'ATMOSPHÈRE PRIMITIVE

- L'étude des chondrites, qui représentent la majeure partie des météorites tombant actuellement sur Terre, a permis de déterminer la composition de l'atmosphère terrestre primitive. Elles sont du même âge que la Terre et leur composition en gaz reflète donc celle de ceux initialement libérés il y a plus de quatre milliards d'années suite au dégazage de notre planète.

	Composition des gaz contenus dans les chondrites	Composition des gaz volcaniques	Composition supposée de l'atmosphère primitive
H_2O	80 %	60 à 90 %	≈ 80 %
CO_2	12 %	10 à 20 %	≈ 15 %
N_2	5 %	0,02 à 2 %	≈ 5 %
O_2	0 %	0%	0 %

- Elle était initialement composée de CO_2, N_2, H_2O et dans une moindre mesure de gaz acides, d'ammoniac et de méthane. Le dioxygène y était totalement absent. La forte concentration en CO_2 crée un effet de serre important d'où une température élevée à la surface qui devait avoisiner les 300 degrés.

3 L'APPARITION D'EAU À L'ÉTAT LIQUIDE

- La cessation du bombardement météorique qui survient à cette époque provoque une baisse de la température, permettant ainsi la condensation de la vapeur d'eau. Des pluies acides tombent en abondance et vident l'atmosphère de son eau gazeuse (on passe d'une concentration initiale de 80% d'eau dans l'atmosphère à 0,1 à 4% actuellement). Cette formation d'eau liquide entretient le mécanisme de refroidissement, qui aboutit à la formation de l'hydrosphère vers – 4,2 Ga. La découverte d'un minéral de zircon, daté de – 4,4 Ga, qui ne peut se former que dans un magma riche en eau est une preuve de la présence d'eau à l'état liquide à cette époque.

- La formation des océans à cette période fait que la Terre est la seule planète actuellement connue qui possède de l'eau sous ses trois états.

- En parallèle, le dioxyde de carbone se fixe dans les roches, entraînant une diminution de l'énorme effet de serre qui régnait à l'origine sur notre planète ce qui contribue à la baisse de la température (100 °C vers 3,5 milliards d'années).

Des relations étroites entre l'atmosphère et le vivant

À revoir
OK

3

1 L'APPARITION DU DIOXYGÈNE DANS L'ATMOSPHÈRE

- Les premières formes de vie sont apparues dans les océans car les UV, nocifs en surface, sont arrêtés par l'eau. Dans ce milieu réducteur, les procaryotes anaérobiques se développent avant – 3,8 Ga.
- Un accroissement en carbone 12 dans les sédiments archéens datés de – 3,7 Ga prouve la présence de microorganismes photosynthétiques producteurs de dioxygène. Des microfossiles de cyanobactéries (bactéries photosynthétiques), responsables de formations carbonatées, les stromatolithes, confirment leur présence. Aujourd'hui, de telles formations existent toujours, notamment en Australie.
- Cette apparition d'O_2 est à l'origine de la diminution progressive d'uraninite (document), un minerai se formant sur les continents qui est stable dans un milieu réducteur, sans oxygène mais très soluble en présence d'O_2. L'arrêt brutal de leur formation il y a 2,4 Ga montre que l'atmosphère qui était réductrice, devient oxydante.

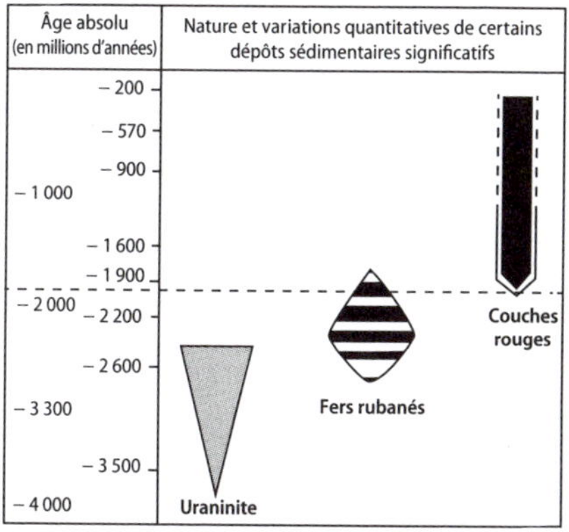

Les marqueurs géologiques visualisant les changements liés à l'apparition du dioxygène

En parallèle, ce rejet de dioxygène par photosynthèse oxyde le milieu aqueux, comme le montre le passage progressif de fer réduit Fe^{2+} soluble dans l'eau à des fers oxydés Fe^{3+} entre – 2,2 et – 1,9 Ga et sera à l'origine de la formation des fers rubanés (document). D'abord les sédiments marins sont oxydés, quand il n'y a plus de possibilité de fixer ce dioxygène, celui-ci s'accumule dans l'eau. Lorsque le taux de solubilité est arrivé à saturation, le dioxygène s'échappe dans l'atmosphère. Les couches rouges (document) de sédiments oxydés à partir de – 2 Ga confirment la présence de dioxygène atmosphérique.

- Les organismes au métabolisme respiratoire se développent au détriment de ceux qui n'utilisent pas le dioxygène. Or ce métabolisme est bien plus rentable au niveau énergétique que les fermentations. Vers – 1,5 Ga, des êtres eucaryotes commencent à apparaître.

2 LA FORMATION DE LA COUCHE D'OZONE

- L'action des UV sur le dioxygène est à l'origine de la formation de la couche d'ozone, à environ 30 km d'altitude. Cette couche d'ozone protège la surface terrestre des effets mutagène des UV. Grâce à cela, la vie commence à s'installer sur Terre vers – 440 Ma (Ma ou million d'années = 10^6 ans).
- Le trou de la couche d'ozone : vers 1930, on a mis sur le marché des gaz, les CFC (chlorofluorocarbures), très appréciés dans l'industrie. À partir de 1985, entre août et octobre, les satellites indiquent une réduction de 50% de l'ozone en Antarctique, qualifié de trou dans la couche d'ozone. Sa superficie est maximale en 2006. Pourtant, dès 1999, de nombreux pays signent l'arrêt de la fabrication de CFC et en 2009, toute la planète avait cessé leur production. Mais l'inertie est importante et encore aujourd'hui on estime que 40% des CFC émis, existent toujours dans la stratosphère. De plus, le chlore issu de l'activité de micro-organismes planctoniques a beaucoup augmenté en 20 ans et son action sur la destruction de l'ozone n'est plus négligeable, sans oublier le comportement irresponsable de certains industriels. Malgré ces signaux inquiétants, en 2019, le trou dans la couche d'ozone n'a jamais été aussi faible et sa décroissance est régulière.

3 L'ATMOSPHÈRE ACTUELLE

Évolution de l'atmosphère terrestre au cours des temps géologiques

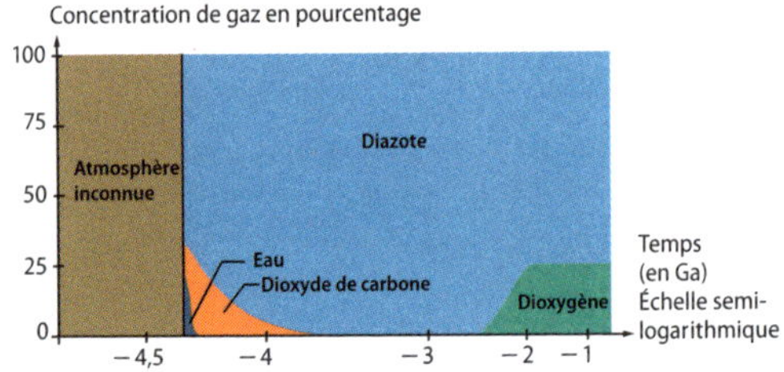

Il y a 500 Ma environ, la concentration atmosphérique actuelle de 21 % en dioxygène a été atteinte. Le CO_2 dominant dans l'atmosphère terrestre primitive, a été dissout dans les eaux et intégré par divers mécanismes dans les roches carbonatées et chez les êtres vivants (coquilles, squelettes...). En plus du CO_2, l'atmosphère se compose d'une concentration de 78% de diazote, et de traces d'autres gaz (dont la vapeur d'eau, le dioxyde de carbone, l'argon).

Un équilibre fragile

À revoir
OK

4

1 LES RÉSERVOIRS DE CARBONE

- La lithosphère est le plus important des réservoirs de carbone. En profondeur, le stockage se fait sous forme de roches sédimentaires ($CaCO_3$ et $MgCO_3$ = roches calcaire et assimilées) et sous forme de roches carbonées fossiles (charbon, pétrole...). En surface, issu de la dégradation de la matière organique, il y a l'humus.
- L'eau des océans permet de solubiliser le dioxyde de carbone atmosphérique, mais des relargages vers l'atmosphère ont lieu, en fonction de la température de l'eau. Ces relargages augmentent du fait du réchauffement climatique.
- La biosphère est le troisième grand réservoir principalement grâce aux végétaux qui utilisent le CO_2 atmosphérique pour fabriquer leur matière organique lors de la photosynthèse.
- De concentration modeste, le dernier réservoir est l'atmosphère. Par ses actions anthropiques, l'homme augmente le carbone de ce réservoir (combustion des sources fossiles...).
- Dans un cycle de la matière, on parle de source pour un producteur de l'élément concerné. Ainsi, par sa photosynthèse, un végétal chlorophyllien est une source d'oxygène. De même, un feu de forêt est une source de carbone. Un puits est un lieu où arrive la matière. Par exemple, un animal qui respire est un puits d'oxygène. Lorsque la matière séjourne dans un lieu, on qualifie ce site de réservoir. Ainsi, le charbon et le pétrole sont des réservoirs de carbone.

2 DES ÉCHANGES ENTRE RÉSERVOIRS

- Les échanges annuels de carbone entre ces réservoirs sont des flux.
- La quantité de carbone mise en jeu dans ces flux varie beaucoup selon le mécanisme qui l'engendre. Ainsi, il y a des flux rapides comme la respiration ou la photosynthèse entre la biosphère et soit l'atmosphère, soit l'hydrosphère. D'autres sont plus lents, comme l'altération de la lithosphère par les agents atmosphériques. Enfin, certains sont très lents comme la formation de roches carbonées telles que le pétrole et le charbon. C'est pour cette raison que ces sources d'énergies, utilisées par l'Homme ne sont pas renouvelables.

● Si ces échanges préservent des taux constants, le cycle du carbone est équilibré. Mais actuellement, par ses actions, l'homme agit en déséquilibrant ce cycle. Ainsi, les combustibles fossiles stockés depuis des millions d'années sont libérés dans l'atmosphère. Leur flux de formation est si lent par rapport à leur exploitation, qu'on considère que ces sources ne sont pas renouvelables, même si les réserves sont énormes.

3 SCHÉMA DU CYCLE DU CARBONE

Le cycle du carbone

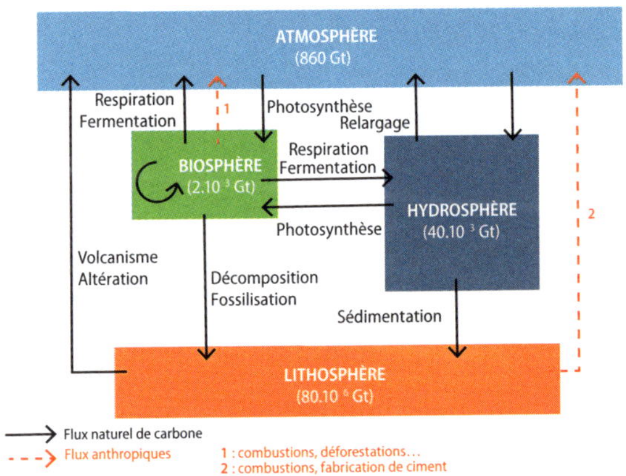

Il y a 4 réservoirs dans le cycle du carbone : l'atmosphère, la biosphère, l'hydrosphère et la lithosphère.
Respiration et fermentation permettent de récupérer de l'énergie. La photosynthèse assure l'autotrophie par synthèse de matières organiques à partir de matières minérales. Dans l'eau, le CO_2 se dissout mais peut être relargué dans l'atmosphère. Le volcanisme émet du dioxyde de carbone comme l'altération des roches par l'eau. Par la sédimentation, le carbone retourne à la lithosphère (coquilles, squelettes, carbonates).
La décomposition assure le retour à l'état minéral de la matière organique et la fossilisation conserve des traces de cette matière organique transformée.
Par les actions humaines (anthropiques), ce cycle est perturbé avec un retour vers l'atmosphère (pointillés). Les autres flèches sont des processus naturels.
Les valeurs chiffrées proposées (en Gt, 1 giga tonne de carbone = 10^9 tonnes) permettent de comparer les stocks, les vitesses des flux, les quantités concernées.

Météorologie et climatologie

À revoir
OK

5

Il ne faut pas confondre météorologie et climatologie.

1 PRINCIPES DE LA MÉTÉOROLOGIE

- Les études météorologiques prévisionnelles sont sur le court terme et dépassent rarement la semaine. Elles se définissent au niveau local, en s'appuyant surtout sur la prédiction de la température, de l'ensoleillement donc de la nébulosité et des précipitations.
- Ceci est rendu possible par les données de stations météorologiques de mesure situées au sol, de satellites, de ballons-sondes.
- Les prévisions reposent sur des paramètres atmosphériques tels que la mesure des vents, des pressions atmosphériques qui sont ensuite exploités par des modèles informatiques simulant l'évolution de l'atmosphère dans les jours à venir. Les prévisionnistes analysent ensuite les simulations obtenues pour produire des cartes météorologiques prévisionnelles et produire pour le grand public des bulletins ou figureront l'ensoleillement, les précipitations, les températures et lorsque cela est nécessaire la force des ventes.
- À cause de l'instabilité locale des systèmes météorologiques, leur fiabilité décline au cours du temps car plus l'échéance visée est lointaine, plus elle est incertaine et donc moins elle peut être détaillée.
- Toutefois, les prévisions du type de temps tels que la présence d'un anticyclone hivernal, d'un régime de perturbation en provenance de l'ouest de la France ou des températures minimales et maximales peuvent être réalisées jusqu'à une quinzaine de jours. Cet allongement des échéances est dû aux progrès de l'observation, de la modélisation et des moyens de calcul.

2 PRINCIPES DE LA CLIMATOLOGIE

- Le climat s'étudie sur une durée longue, après des observations de plusieurs dizaines d'années, sur de grandes surfaces voire à l'échelle planétaire. Ainsi, au niveau d'une zone donnée, le climat peut être étudié sur une durée à l'échelle du siècle.

- Les climatologues déterminent trois paramètres principaux qui influencent les climats. Il s'agit de l'insolation (répartition annuelle de l'ensoleillement), des paramètres de précipitations (pluviosité) dont on utilise les valeurs moyennes et les mouvements d'enveloppes fluides (hydrosphère et atmosphère). On étudie aussi les grandes associations végétales et animales ou biomes, et leurs variations à long terme.

- La température moyenne de la Terre, calculée à partir de mesures in situ et depuis l'espace par des satellites, est l'un des indicateurs du climat global. Il en existe d'autres : volume des océans, étendue des glaces et des glaciers...

- La climatologie analyse de nombreux paramètres et de nombreuses disciplines scientifiques sont impliquées :
  – les chimistes étudiant la composition de l'air ;
  – les physiciens s'intéressant aux échanges d'énergie entre les différentes couches de l'atmosphère et à la quantité d'énergie solaire reçue par la Terre ;
  – les biologistes analysant l'évolution de la faune et la flore ;
  – les volcanologues regardant l'influence d'éruptions majeures sur les climats ;
  – les glaciologues, les océanographes...

- Au cours des temps géologiques, les climats ont beaucoup changé. Ils sont en effet soumis aux variations de l'orbite terrestre et aux modifications de la circulation des courants océaniques et atmosphériques lié à des phénomènes géologiques (tectonique des plaques, composition de l'atmosphère...).

- Actuellement, la production de modèles climatiques numériques par les climatologues permet d'anticiper les changements du climat que l'on peut ainsi prévoir à plus ou moins long terme.

Connaissance des climats du passé

- [ ] À revoir
- [ ] OK

6

1 DE TRÈS LOINTAINS CHANGEMENTS CLIMATIQUES

- En appliquant le principe d'actualisme qui énonce que des événements anciens ressemblant à des événements actuels ont les mêmes causes et les mêmes effets, on pense qu'entre – 145 et – 66 Ma, au Crétacé, le climat était plus chaud qu'aujourd'hui.

- En pétrologie, la richesse des évaporites, des bauxites, des charbons indique des conditions tropicales.

- L'importance des dépôts de calcaire (craie/crétacé) confirme une très forte teneur en CO_2 atmosphérique qui favorise la précipitation des carbonates :
$CO_2 + Ca(OH)_2$ (hydroxyde de calcium) $\rightarrow CaCO_3$(calcaire) $+ H_2O$.

- L'effet de serre de cette époque a fait disparaître les calottes polaires et le niveau des mers est monté (transgressions marines).

- La faune dominante des dinosaures est associée à une végétation luxuriante qui s'adapte bien à ce climat. On explique ces modifications de la biosphère par une tectonique des plaques très active.

- L'albédo est le rapport entre le rayonnement solaire reçu et réfléchi par une surface. La valeur va de 1 si la surface est totalement réfléchissante à 0 pour une surface totalement absorbante. Sur un glacier, l'albédo proche de 1 fait que les températures restent basses car le rayonnement solaire est très réfléchi. Au Crétacé, l'albédo est beaucoup plus faible car le climat est chaud et les glaciers sont rares. Les océans, en recouvrant les continents, favorisent une baisse de l'albédo donc un réchauffement.

- La mesure de $\delta^{18}O$ par exemple dans des carottes de glace polaire permet de caractériser les températures du passé.

2 MODIFICATIONS CLIMATIQUES DEPUIS 800 000 ANS

- Un glacier laisse des traces d'érosion dans le paysage : vallée en auge (U), moraines (débris rocheux striés, transportés par les glaciers) et tillites (moraines consolidées), roches erratiques (blocs rocheux isolés, de nature géologique différente des roches environnantes). La présence de ces traces indique que la région a connu un climat très froid.

● Les cristaux de glace piègent l'air de l'époque de leur formation. Grâce à ces bulles, on peut connaître l'évolution de la composition de l'atmosphère, dont les gaz à effet de serre, au cours de ces 800 000 dernières années. Leur évolution confirme les changements climatiques révélés par d'autres observations.

● Dans les carottes de glace, on dose aussi un isotope de l'oxygène, le ^{18}O. Plus il fait froid, plus le rapport $\delta^{18}O/^{16}O$ est faible. Ces mesures confirment les changements climatiques récents avec une périodicité d'environ 10 000 ans (variation des paramètres de l'orbite terrestre).

● Les fossiles aussi témoignent du climat du lieu de dépôt.

Diagramme pollinique à Rogers Lake, aux USA, dans le Connecticut

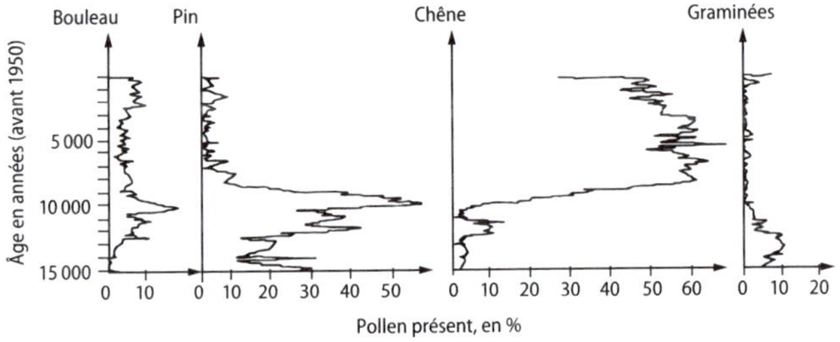

Ainsi, chaque végétal possède un pollen aux formes caractéristiques. Chaque pollen fossile est donc un bioindicateur du climat. Par exemple, la présence de pollen de graminées, indique un climat froid. Celle de pollen de pins puis de bouleau un climat un peu plus chaud et le réchauffement est ensuite confirmé par la présence de pollen de chêne.

● C'est le cas également de la coquille calcaire de certains foraminifères, animaux planctoniques, qui ont des exigences climatiques précises. L'un des intérêts de ces microfossiles c'est qu'ils sont nombreux donc une étude statistique est faisable et la précision est excellente.

De récentes modifications du climat

À revoir
OK

7

1 LES GAZ À EFFETS DE SERRE

- Depuis un siècle et demi, on mesure un réchauffement climatique global (environ +1°C). Celui-ci est la réponse du système climatique à l'augmentation du forçage radiatif (différence entre l'énergie radiative reçue et l'énergie radiative émise) dû aux émissions de gaz à effet de serre (GES) dans l'atmosphère : CO_2, CH_4, N_2O et vapeur d'eau principalement. On estime que, même en cas de forte diminution des émissions de ces gaz, la température moyenne augmentera de 0,5°C d'ici 2050.

- La surface de la Terre absorbe l'énergie lumineuse et s'échauffe. Elle réémet alors un rayonnement infrarouge. Ce dernier peut à son tour être absorbé par certains gaz de l'atmosphère, les gaz à effet de serre. Ces gaz réchauffent l'air et le sol en absorbant le rayonnement infrarouge émis par la Terre. Les principaux gaz à effet de serre sont la vapeur d'eau, le CO_2, le méthane et le protoxyde d'azote.

- Depuis la fin du XIXe siècle, la concentration atmosphérique des gaz à effet de serre augmente et cette augmentation s'accélère depuis 1970 conduisant à des valeurs jamais observées depuis 800 000 ans.

Variation du CO_2 atmosphérique mesuré puis estimé au cours du temps

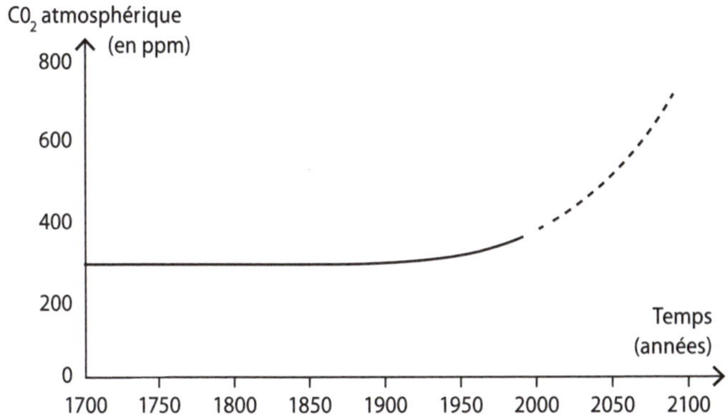

2 LES RÉTROACTIONS POSITIVES

● L'équilibre radiatif est perturbé malgré un stockage de carbone dans les océans, dans la biosphère et dans les sols. L'augmentation de la température terrestre moyenne provoque une dilatation des océans, une fonte des glaciers (donc un albédo qui baisse). Ceci entraîne un dégel partiel du permafrost, sol gelé en permanence, ce qui libère du CO_2 et du CH_4. D'autres rétroactions positives favorisent cette hausse des températures comme l'acidification des océans qui limitent leur rôle amortisseur dans la dissolution du carbone. Ainsi, ces modifications anthropiques influencent les conditions de vie de notre planète malgré un accroissement de la végétalisation de notre Terre qui forme un puits de CO_2 en le consommant lors de la photosynthèse ayant une rétroaction négative sur ces hausses.

● L'océan a un rôle amortisseur dans cette augmentation de la température, en absorbant à sa surface une fraction importante de l'apport additionnel d'énergie. Cela conduit à une élévation du niveau de la mer causée par la dilatation thermique de l'eau. L'eau chaude étant moins dense que l'eau froide, pour une même quantité d'eau, elle occupe un volume plus important. À celle-ci s'ajoute la fusion des glaces continentales. Cette accumulation d'énergie dans les océans rend le changement climatique irréversible à des échelles de temps de plusieurs siècles.

● Cette augmentation de la température déclenche des mécanismes qui vont l'amplifier. On parle de rétroaction positive.

Exemple de rétroaction positive

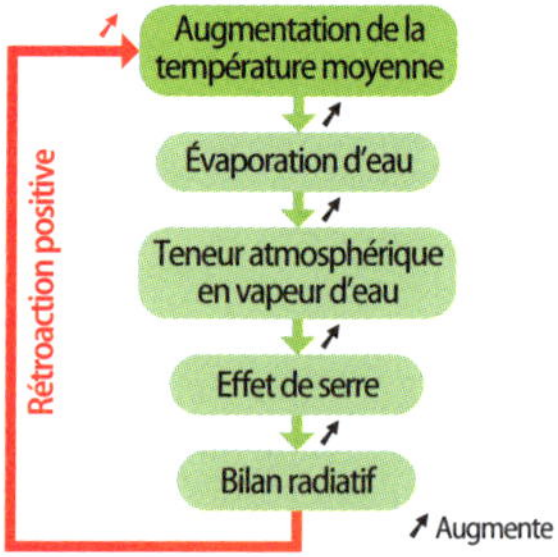

● Au début de l'année 2020, l'épidémie de coronavirus a provoqué une forte chute des transports aériens, une baisse mondiale des activités industrielles (dont celles de la Chine) et est à l'origine d'une baisse de plus de 30 % du CO_2 rejeté dans l'atmosphère. Mais il ne faut pas souhaiter une catastrophe pour réveiller l'humanité. Il est alarmant que dès le 5 mars 2020, la France était en dette de carbone par rapport à son objectif d'être neutre en 2050.

Modèles numériques et analyse du climat

À revoir
OK

8

1 L'ÉVOLUTION DES CLIMATS

● De nombreux paramètres interviennent dans l'évolution des climats :
– l'effet de serre : après avoir traversé l'atmosphère, une partie du rayonnement solaire arrive à la surface du sol qu'il réchauffe. Cette chaleur est réémise sous forme de rayonnements infrarouges dont une partie est piégée par les gaz de l'atmosphère tels que la vapeur d'eau ou le CO_2. Le réchauffement issu de ce mécanisme est à l'origine de l'effet de serre.
– la puissance solaire reçue et absorbée,
– la température,
– l'albédo : pouvoir réfléchissant d'une surface. Le noir qui ne réfléchit quasiment pas a un albédo très faible (les objets noirs se réchauffent très vite au soleil) alors que le blanc possède un albédo élevé d'où son utilisation dans les pays chauds pour peindre les bâtiments afin d'éviter une trop forte élévation de la température dans les habitations.
– l'humidité de l'air,
– la pression atmosphérique.

● La densité de la végétation (liée à la déforestation, l'urbanisation, l'agriculture) qui intervient sur l'humidité de l'air, l'albédo peut aussi jouer un rôle important à l'échelle régionale ou continentale mais l'effet reste faible à l'échelle globale.

● L'utilisation de logiciels de simulation permet de mettre en évidence le rôle de chaque paramètre ainsi que les interactions existantes.

2 L'INTERPRÉTATION DES MODÈLES NUMÉRIQUES

● La mise en équations des mécanismes essentiels qui agissent sur le système Terre et des méthodes numériques de résolution permettent de construire des modèles numériques dont les résultats sont comparés avec les données actuelles récoltées sur le terrain et par les satellites spécialisés (météorologiques, de surveillance des glaciers et des océans...) mais également les paléoclimats. Ainsi, l'analyse d'un système climatique, repose sur des mesures et des calculs faisant appel à des lois physiques, chimiques et biologiques connues.

● Les modèles numériques simulent les interactions entre l'atmosphère, l'océan et les surfaces continentales. Grace à eux, les chercheurs ont des représentations numériques de la répartition géographique de différents paramètres, tels que la répartition des vents, des nuages, des masses d'eau. Représentant une simplification d'une réalité beaucoup plus complexe, ils doivent toutefois être analysés avec du recul.

- Ils ont permis d'anticiper l'évolution des dernières années, notamment au niveau des modifications de la température et, actuellement, ils estiment les variations climatiques globales et locales à venir sur des décennies ou sur plusieurs siècles. Ce sont des prévisions climatiques.

- L'étude de l'évolution du CO_2 atmosphérique et de la température à la surface de la Terre durant le dernier million d'année établit une corrélation claire entre les deux facteurs. Cela montre l'importance de la teneur de ce gaz dans l'atmosphère, mais aussi de tous les facteurs pouvant augmenter l'effet de serre, sur l'évolution des climats.

Comparaison de l'évolution de la température et de la concentration en CO_2 depuis les 800 000 dernières années

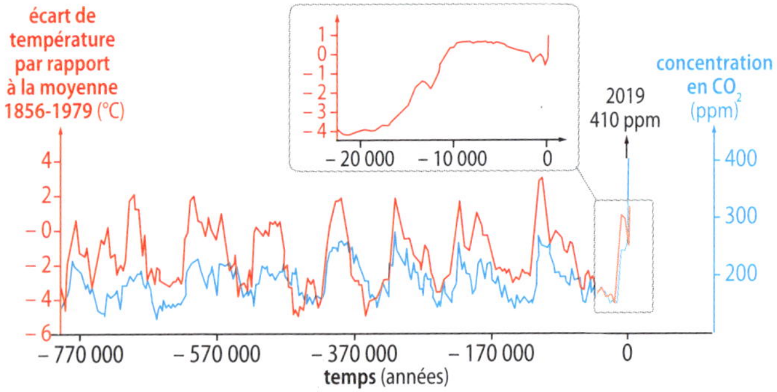

L'Homme, à l'origine de l'augmentation de la température sur Terre

À revoir
OK

9

1 LES GAZ À EFFET DE SERRE

- Les gaz à effet de serre (GES) sont naturellement produits dans l'atmosphère. Ainsi, la vapeur d'eau est responsable à elle seule de la grande majorité de l'effet de serre naturel. Mais c'est l'excédent de gaz libérés par les activités humaines qui est la principale cause d'un effet de serre additionnel à l'origine de l'élévation des températures.

- Les principaux GES sont :
– le **CO_2** produit par la combustion d'énergies fossiles (pétrole, gaz, charbon notamment pour l'industrie, le chauffage et les transports), la déforestation et les incendies de forêts, la production de ciment (issu de la transformation du calcaire en chaux, constituant principal du ciment = 6 % du CO_2 mondial) ;
– le **CH_4** produit par les fuites de gaz naturel, le processus de fermentation dans les décharges, certaines activités agricoles (fermentation liée à la digestion des animaux, déjections des animaux, culture du riz) ;
– le **N_2O** (protoxyde d'azote) issu des déjections animales et de l'utilisation des engrais ;
– dans une moindre mesure, l'ozone de basse atmosphère (**O_3**) libéré par l'industrie et la circulation automobile (à ne pas confondre avec l'ozone de la haute atmosphère qui nous protège des rayonnements ultra-violets).

Contribution des différents gaz à effet de serre aux émissions globales en 2010 (IPCC - 2014)

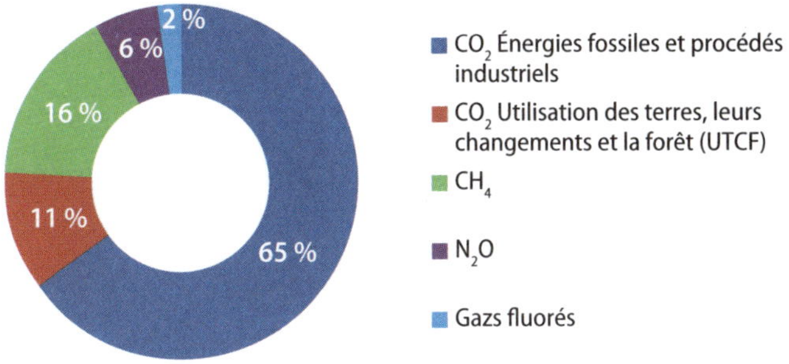

2 L'ÉLÉVATION DE LA TEMPÉRATURE S'ACCÉLÈRE

- Certains mécanismes s'auto-entretiennent ou en active d'autres, ce qui provoque une accélération de l'augmentation des températures :
– La vapeur d'eau, qui joue un rôle important dans l'effet de serre naturel, a un effet de rétroaction important sur le changement climatique. La température augmentant suite à l'action de l'Homme, l'évaporation augmente et la quantité de vapeur d'eau relâchée dans l'atmosphère aussi, accélérant encore le réchauffement.
– Les incendies géants constatés par exemple en Australie durant l'été 2019-20 sont le plus souvent d'origine naturelle (déclenchés par la foudre) mais leur ampleur est due à une sécheresse intense, de très grosses chaleurs et des vents violents. La réunion de ces conditions pourrait devenir de plus en plus fréquente avec le réchauffement climatique et donc accélérer la production de CO_2 liée aux incendies. De plus, ils ont formé de gigantesques nuages de fumée et de cendre qui sont allé jusqu'en Nouvelle Zélande et ont recouvert d'une teinte brunâtre les glaciers. Leur albédo ayant baissé, il est fort probable que leur fonte va être grandement accélérée.

- Les observations réalisées sur le terrain combinées aux éléments théoriques et les modélisations numériques montrent clairement l'influence de l'Homme, depuis la révolution industrielle et l'utilisation intensive du charbon, sur l'augmentation de la température et donc l'évolution des climats.

- En 2019, la concentration de CO_2 dans l'atmosphère dépassait les 410 ppm (parties par million), contre 280 ppm au début de l'ère industrielle. Cette augmentation est à l'origine d'environ deux tiers de l'effet de serre additionnel accumulé depuis 1750.

- La production de modèles climatiques permettant de visualiser l'évolution de la température avec ou sans activité humaine établissent clairement le lien entre l'action de l'Homme et l'élévation de la température.

Les prévision des modèles

- À revoir
- OK

10

1 LA PROJECTION CLIMATIQUE

● Les modèles permettent, grâce aux prévisions climatiques, d'évaluer l'évolution des climats localement et au niveau de la planète. Si l'on se base, en plus, sur différentes estimations de l'action de l'Homme (évolution des rejets en CO_2, intensité de la déforestation...), il est possible de proposer des hypothèses sur l'évolution future des climats : on parle de projection climatique.

● Ces modèles s'affinent au cours du temps et leurs prévisions sont de plus en plus pessimistes. Il y a 40 ans, ils prévoyaient une augmentation de 1,5 à 5 °C de la température d'ici à 2100. En 2014, on estimait que le réchauffement climatique devrait être compris entre 2,3 et 4,5 °C. Deux modèles publiés en 2019 prévoient qu'avec une telle augmentation des niveaux de CO_2 dans l'atmosphère, dans le pire des cas, la hausse de température moyenne globale atteindra 6,5 à 7 °C en 2100.

● Ainsi, en fonction de l'évolution de l'émission des GES dans l'atmosphère, les modèles s'accordent à prévoir :
– une élévation importante de la température ;
– une élévation du niveau des océans entre le début du XXIe siècle et 2100 pouvant atteindre le mètre.
– des modifications des régimes de pluie et des événements climatiques extrêmes ;
– une acidification des océans : le pH des océans passerait de 8,1 en 2018 à seulement 7,8 en 2100 ce qui, par exemple, affectera la capacité à se renouveler du plancton car de nombreuses espèces ont besoin d'un pH spécifique pour se reproduire, fragilisera de nombreux animaux à coquille ainsi que les coraux qui se fixeront plus difficilement sur le calcaire...
– un impact majeur sur les écosystèmes terrestres et marins.

2 LA BIODIVERSITÉ EN DANGER

● Dans le futur, la biodiversité risque d'être profondément bouleversée. La désertification, les inondations, l'exploitation intensive de la planète vont bouleverser les écosystèmes en entraînant la disparition, la migration ou la modification de la répartition de nombreuses espèces végétales et animales. Les barrières de corail et les mangroves vont dépérir.

● En parallèle, les ressources agricoles et en eau potable vont diminuer et le développement de maladies infectieuses augmenter.

● Les conditions de vie des populations les plus fragiles, de celles vivant en bord de mer risquent d'être grandement affectées. D'ici 2050, des zones côtières abritant 300 millions de personnes seront touchées par la montée des océans.

● Les experts du GIEC estiment qu'il faudrait limiter la hausse des températures à 2 °C d'ici 2100 pour éviter des catastrophes écologiques majeures.

Ouverture

Le GIEC (**Groupe d'experts intergouvernemental sur l'évolution du climat**) est un organisme intergouvernemental et scientifique dont la mission est d'évaluer le changement climatique, ses effets potentiels sur l'environnement et la société, ainsi que les solutions envisageables pour y remédier.

Évolution du nombre de jours échaudants en France

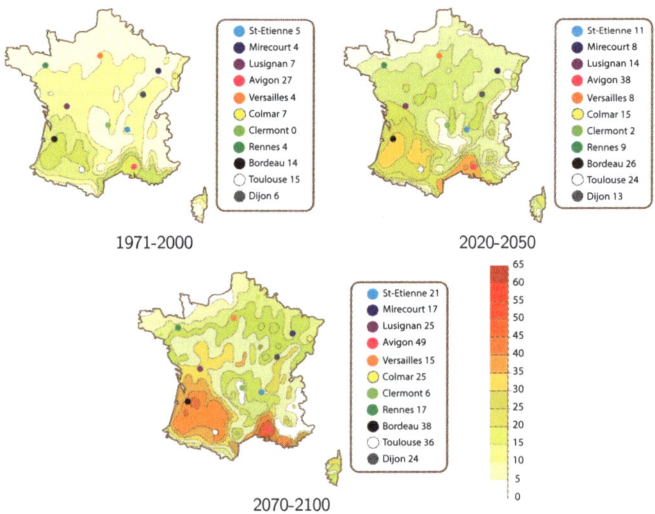

Ici, la projection prévoit l'évolution du nombre de jours échaudants (dont la température maximale est supérieure à 25 °C) au printemps (avril-mai-juin). À titre indicatif, les valeurs sont données pour certaines villes.

Futur proche : au niveau du nombre de jours échaudants au printemps, le scénario montre une augmentation significative de l'ordre de 10 jours.

Futur lointain : accroissement important du nombre de jours échaudants au printemps, avec plusieurs régions, au sud-ouest et au sud-est, présentant des jours échaudants sur quasiment la moitié de la période printanière. Ces résultats peuvent ensuite être exploités pour étudier par exemple les conséquences de ces prévisions sur un écosystème ou sur les cultures, par exemple.

Les conséquences de la pollution

À revoir
OK

13

1 LES DANGERS DE LA POLLUTION

- Les conséquences sur la santé peuvent être :
– à effets immédiats : ils font suite à une courte exposition. Les effets surviennent rapidement après des variations journalières des niveaux ambiants de pollution atmosphérique. Cela peut se manifester par des irritations oculaires ou des voies respiratoires, des crises d'asthme, une exacerbation de troubles cardio-vasculaires et respiratoires pouvant conduire à une hospitalisation, et dans les cas les plus graves au décès.
– à effets sur le long terme : ils font suite à des expositions répétées aux polluants durant la vie. Ils favorisent le développement de maladies et/ou leur accroissement, induisant une surmortalité et une baisse de l'espérance de vie.

- 48 000 décès par an en France sont attribuables aux particules de taille. On estime que si on arrivait sur tout le territoire à une concentration en PM2,5 (particules fines de 2,5 µm) équivalente aux communes les moins polluées, la mortalité en France diminuerait en moyenne de 7 % et 9 mois d'espérance de vie seraient gagnés pour une personne de 30 ans. Une diminution des taux de particules fines dans l'air améliorerait donc notre espérance de vie et diminuerait la mortalité.

2 LA PRÉVISION DE L'AVENIR GRÂCE AU PASSÉ

- Des scénarios évaluent les changements liés à la pollution et à notre surconsommation d'énergie. L'analyse des climats anciens a par exemple montré qu'il y a 56 millions d'années, un intense réchauffement lié à une brusque libération d'énormes quantités de CO_2 (dont on ignore actuellement l'origine), a fait passer la température moyenne à la surface de la Terre à 23 °C soit 7 degrés au-dessus de la valeur actuelle. Aujourd'hui, l'humanité rejette du CO_2 dans l'air à une vitesse 10 fois supérieure à celle de cette période. De plus, on estime qu'il a fallu 4000 ans pour purger l'excès de carbone produit durant cette période.

- Des projections prévoient une augmentation importante du niveau de la mer à la suite de la fonte de la banquise et des glaciers. Les conséquences sur les écosystèmes (diminution de la taille des populations de végétaux et d'animaux, chute de la biodiversité) et sur les conditions de vie des habitants (disparition des habitats côtiers actuels), notamment les plus fragiles, seraient importantes.

- Les projections fournies permettent de définir les aléas et peuvent orienter les prises de décision.

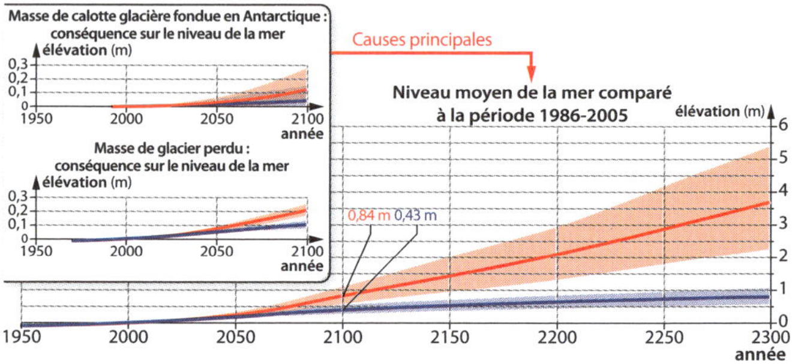

3 LA TRANSITION ÉCOLOGIQUE

- La **transition écologique** est le passage de notre mode actuel de production et de consommation vers un modèle répondant aux enjeux suivants : le changement climatique, la rareté des ressources, la diminution de la biodiversité et l'augmentation des risques sanitaires et environnementaux. Elle prône un **principe d'égalité** entre les générations et au sein d'une même génération, selon lequel tous les êtres humains devraient pouvoir bénéficier d'un environnement et de conditions de vie satisfaisants.

- Elle nécessite une **transformation profonde, mais progressive** de nos économies et de nos sociétés **conduite par différents acteurs** (pouvoirs publics, citoyens, associations, entreprises…) pour **réduire l'empreinte des activités humaines sur l'environnement et parvenir à un développement durable**. À l'échelle du citoyen, nous pouvons donc tous agir, grâce à des gestes simples : effectuer le tri des déchets, privilégier les moyens de transports verts, construire un logement peu énergivore…

- Les principaux objectifs de cette transition sont :
– la **diminution de notre empreinte carbone** en privilégiant les énergies renouvelables et en diminuant notre consommation d'énergie afin de réduire la pollution (réduction de la production des déchets, des déplacements motorisés…) et de lutter contre le changement climatique.
– une **meilleure gestion et répartition des ressources** : limiter l'utilisation des stocks de ressources naturelles non renouvelables ; mise en œuvre de modes de production et de consommation responsables.
– la **protection des écosystèmes** et de la biodiversité.

14 Carte mentale

Sciences, climat et société

L'atmosphère terrestre et la vie

- La couche d'ozone, protège des UV mutagènes
- Le cycle du carbone permet la formation des combustibles fossiles
- Composition de l'atmosphère aujourd'hui : 78 % de N_2, 21 % de O_2, traces d'autres gaz.

La complexité du système climatique

- Climat = température, hygrométries, pression, pluviométrie
- L'effet de serre crée une augmentation de la température qui entraîne une modification du climat.

Quel climat pour le futur ?

Les prévisions des modèles numériques :

- Augmentation de la température
- Élévation du niveau des mers
- Événements climatiques extrêmes
- Acidification des océans
- Bouleversement des écosystèmes

Énergie, choix de développement et futur climatique

- Énergies fossiles
- Énergies renouvelables
- Contrôler et diminuer les variations de paramètres
- Protection des écosystèmes
- Gestion des ressources
- Diminution de l'empreinte carbone

→ Transition écologique

Mots-clés

Climat : ensemble des conditions météorologiques moyennes (température, pluviométrie, hygrométrie, ensoleillement, pression atmosphérique) mesurées dans une région précise. Exemples de climats : désertique, tropical, tempéré...

Combustible fossile : produit riche en carbone, issu de la fossilisation de matière organique enfouie dans le sol depuis plusieurs millions d'années et dont la combustion émet de la chaleur. Ce sont essentiellement des hydrocarbures tels que le pétrole, le charbon, le gaz naturel.

Combustion : réaction chimique consommant un combustible et du dioxygène, rejetant du dioxyde de carbone et de l'eau tout en produisant de l'énergie. Cette réaction chimique est rarement complète et émet d'autres produits chimiques.

Effet de serre : mécanisme à l'origine du réchauffement planétaire. Il est dû naturellement au gaz à effet de serre (GES) tels que le CO_2 ou l'eau présents dans l'atmosphère. L'Homme en produisant en masse ces GES, notamment le CO_2 est à l'origine de son augmentation.

Empreinte carbone : la masse de dioxyde de carbone CO_2 produite directement ou indirectement par sa consommation d'énergie et/ou de matière première. Elle peut être mesurée pour une personne ou une activité.

Énergie primaire : énergie totale nécessaire pour fournir l'énergie finale ou énergie secondaire directement utilisable par le consommateur. Elle est directement disponible dans la nature (pétrole, uranium...).

Eucaryotes : ensemble des organismes unicellulaires ou pluricellulaires possédant un noyau contenant leur information génétique.

Procaryotes : microorganismes unicellulaires ne possédant pas de noyau comme les bactéries, par exemple.

Transition écologique : passage de notre mode actuel de production et de consommation vers un modèle plus responsable. Il répond aux enjeux suivants : le changement climatique, la rareté des ressources, la diminution de la biodiversité et l'augmentation des risques sanitaires et environnementaux.

SCIENCES, CLIMAT ET SOCIÉTÉ

1 L'atmosphère actuelle... :

☐ a. est quasiment identique à celle d'il y a 500 millions d'années.
☐ b. contient environ 21 % de N_2 et 78 % de O_2.
☐ c. contient du dioxygène issu du dégazage de la planète.

2 Un climat... :

☐ a. est défini par un ensemble de moyennes de grandeurs atmosphériques observées sur l'ensemble de la surface de la Terre.
☐ b. est étudié par un météorologue.
☐ c. peut changer à long terme.

3 La température à la surface de la Terre est amplifiée par :

☐ a. Le dégel du permafrost qui entraîne une absorption plus importante des rayons infrarouges.
☐ b. Une augmentation de la libération de dioxygène.
☐ c. L'augmentation de la vapeur d'eau dans l'atmosphère.

4 Les modèles numériques... :

☐ a. permettent de prévoir les climats du passé ou paléoclimats.
☐ b. utilisent différents paramètres comme l'albédo, la température, l'humidité de l'air.
☐ c. prévoient une diminution du niveau des océans.

5 L'augmentation du CO_2 atmosphérique... :

☐ a. est principalement due à des causes naturelles.
☐ b. est à l'origine de l'effet de serre, cause principale de la diminution de la température sur Terre.
☐ c. entraîne une augmentation de la température en absorbant les rayonnements infrarouges.

6 Les sources d'énergies sous forme de flux sont :

☐ a. Le soleil, la géothermie et l'uranium.
☐ b. Le plus souvent des énergies fossiles.
☐ c. Renouvelables.

7 L'empreinte carbone d'une personne... :

☐ a. est la masse de CO_2 consommée par une personne pour sa production d'énergie et/ou de matière première.
☐ b. augmente lorsqu'elle empreinte le bus plutôt que sa voiture pour se déplacer.
☐ c. diminue si elle se déplace à bicyclette plutôt qu'en autobus.

Corrigés au verso

Corrigés

1 L'atmosphère actuelle... :

> a. L'atmosphère primitive contenait 80 % de HO_2, 15 % de CO_2 et 5 % de N_2. Il n'y avait pas d'O_2. Il y a 500 Ma environ, la concentration atmosphérique actuelle de 21 % en dioxygène est atteinte.

Voir **Fiches 2** et **3**

2 Un climat... :

> c. À la suite à l'action de l'humanité qui entraîne un réchauffement global, les climats sur Terre qui sont étudiés par les climatologues, risquent de changer à long terme.

Voir **Fiche 8**

3 La température à la surface de la Terre est amplifiée par :

> c. La vapeur d'eau est un gaz à l'origine de l'effet de serre, mécanisme qui en bloquant les infrarouges réfléchis par la Terre entraîne une augmentation globale de la température.

Voir **Fiche 9**

4 Les modèles numériques... :

> b. Les modèles numériques qui utilisent différents paramètres permettent de prévoir l'évolution des climats à la suite de l'augmentation des températures qui sera, par exemple, à l'origine de l'augmentation du niveau des océans.

Voir **Fiche 5**

5 L'augmentation du CO_2 atmosphérique... :

> c. L'augmentation du CO_2 atmosphérique, essentiellement provoquée par l'action de l'Homme, est due à l'effet de serre qui entraîne une augmentation de la température.

Voir **Fiche 7**

6 Les sources d'énergies sous forme de flux sont :

> c. Les sources d'énergies sous forme de flux (le soleil) sont renouvelables contrairement à celles qui sont sous forme de stock (le pétrole).

Voir **Fiche 11**

7 L'empreinte carbone d'une personne... :

> c. L'empreinte carbone, qui est la masse de CO_2 produite par une personne pour sa production d'énergie, est très faible si elle se déplace à bicyclette car sa source d'énergie est produite par la respiration.

Voir **Fiche 12**

Conversion d'énergie mécanique en énergie électrique

- À revoir
- OK

15

1 L'INDUCTION ÉLECTROMAGNÉTIQUE

- Le physicien Hans Christian Orsted remarque en 1819 que l'aiguille d'une boussole placée au voisinage d'un fil parcouru par un courant électrique dévie : le fil électrique se comporte comme un aimant, il crée autour de lui un champ magnétique.
- Réciproquement, un courant induit apparaît dans une bobine soumise à un champ magnétique variable. C'est le phénomène d'induction électromagnétique découvert par Faraday au XVIIIe siècle et modélisé au XIXe siècle par James Clerk Maxwell, un physicien écossais, avec quatre équations qui sont aujourd'hui des lois fondamentales de la physique.
- Un champ magnétique variable peut être produit par un aimant en mouvement ou par une bobine parcourue par un courant continu en mouvement.

2 LES ALTERNATEURS

- La plupart des centrales électriques (hydroélectriques, nucléaires, éoliennes...) produisent de l'électricité grâce à un alternateur.
- Un alternateur est un dispositif électrique qui fournit à ses bornes une tension variable et alternative (c'est-à-dire alternativement positive puis négative).
- Un alternateur est toujours constitué de deux éléments essentiels :
  – une partie fixe, le stator ;
  – une partie mobile, le rotor.
  En général, le stator est une bobine de fil de cuivre. Le rotor est une source de champ magnétique (un aimant ou un électroaimant).

Exemple de l'alternateur de bicyclette (appelé aussi dynamo)

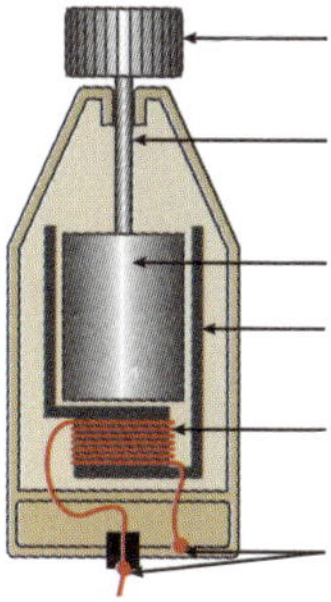

- Le déplacement de l'aimant (ou de l'électroaimant), donc de son champ magnétique, induit une tension aux bornes de la bobine.

● Un alternateur permet d'obtenir de l'énergie électrique à partir d'un mouvement, il convertit donc une énergie mécanique en énergie électrique.

3 LE RENDEMENT D'UN ALTERNATEUR

● Le rendement d'un alternateur, noté η, est une grandeur sans dimension qui reflète son efficacité énergétique. C'est le rapport entre la puissance électrique produite et la puissance mécanique utilisée. En raison des pertes inévitables, il est nécessairement inférieur à 1.

$$\eta = \frac{P_{\text{électrique}}}{P_{\text{mécanique}}} = \frac{E_{\text{électrique}}}{E_{\text{mécanique}}}$$

$P_{\text{électrique}}$ et $P_{\text{mécanique}}$ en Watts (W)
$E_{\text{électrique}}$ et $E_{\text{mécanique}}$ en Joules (J)
η : sans unité

● La chaine de puissance d'un alternateur peut être schématisée de la manière suivante :

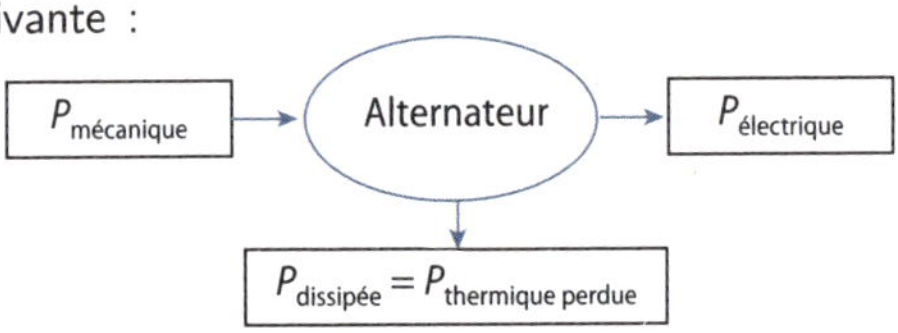

La puissance (comme l'énergie) se conserve : $P_{\text{mécanique}} = P_{\text{électrique}} + P_{\text{dissipée}}$
La dissipation de l'énergie est due à l'effet Joule.

● Le rendement d'un alternateur dépend de nombreux facteurs, dont la vitesse de rotation du rotor. Lorsqu'un alternateur fonctionne de manière optimale, son rendement est proche de 1.
Exemple : La puissance mécanique d'un alternateur de voiture est 1270 W, sa puissance électrique est de 1170 W. Son rendement est

$$\eta = \frac{1170}{1270} = 0{,}92$$

Le rendement peut aussi être exprimé en pourcents : $\eta = 92\ \%$.

Les matériaux semi-conducteurs

À revoir
OK

16

1 LA VISION QUANTIQUE

- Antoine Becquerel a découvert, en 1839, l'**effet photoélectrique** : un faisceau de lumière atteignant un métal peut lui arracher des électrons. Afin d'expliquer l'effet photoélectrique, Einstein postule en 1905 que la lumière est constituée de particules individuelles quantiques : des **photons**. Seuls les photons ayant une énergie suffisante sont capables d'arracher des électrons.

- Un gaz excité émet de la lumière dont le spectre est composé de raies colorées sur fond noir, c'est un **spectre de raies d'émission**. Chaque raie est caractérisée par sa **longueur d'onde** notée λ et exprimée généralement en nanomètre (nm). À une longueur d'onde donnée correspond un photon ayant une énergie donnée. Les raies sont caractéristiques de l'élément chimique qui émet la lumière.

Exemple : Spectres de raies d'émission d'un atome de mercure

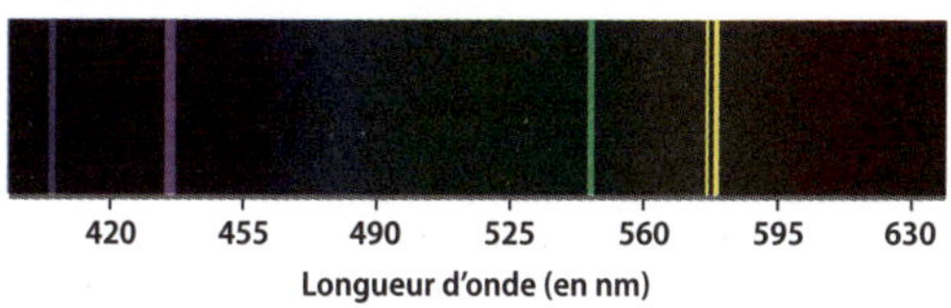

- C'est la mécanique quantique qui parviendra au XXe siècle à expliquer l'origine de ces spectres de raies : l'énergie d'un atome ne peut prendre que des valeurs bien déterminées : on dit que les niveaux d'énergie d'un atome sont **quantifiés**. Les sauts d'un niveau d'énergie à un autre entraînent l'émission ou l'absorption de photons d'énergie bien précise ayant une longueur d'onde bien particulière.

Précision : L'électron-volt (eV) est l'unité d'énergie utilisée en physique des particules : $1\ \text{eV} = 1{,}6 \times 10^{-19}\ \text{J}$.

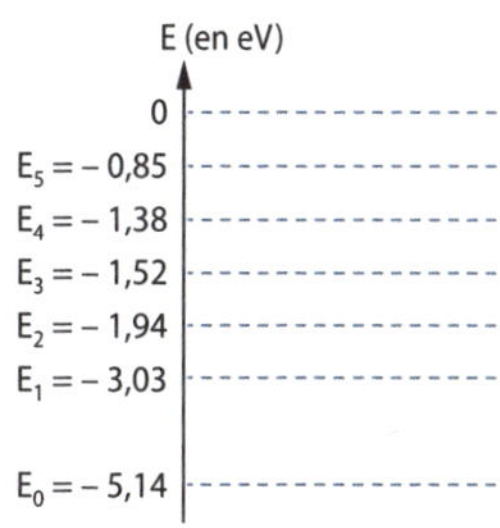

Diagramme de niveaux d'énergie du sodium

- Un atome de sodium peut absorber ou émettre un photon d'énergie 2,11 eV car 2,11 eV correspond à la différence d'énergie entre l'état E_1 et l'état E_0 de l'atome : $-3{,}03 - (-5{,}14) = 2{,}11$.

Par contre, un atome de sodium ne peut pas émettre ou absorber un photon d'énergie 2,38 eV par exemple.

2 LA CONDUCTIVITÉ ÉLECTRIQUE

- Dans les solides, qui peuvent être considérés comme un ensemble d'atomes, on ne trouve pas des niveaux d'énergie mais des bandes d'énergie. On distingue en particulier la bande de valence et la bande de conduction. Dans un semi-conducteur, ces deux bandes sont séparées d'une énergie E_g appelée gap, caractéristique du matériau. Des électrons peuvent passer de la bande de valence à la bande de conduction en absorbant un photon d'énergie supérieure à E_g. Ces électrons peuvent alors se déplacer d'un atome à l'autre. Ce déplacement est à l'origine d'un courant électrique continu.

- Les photons d'énergie inférieure à E_g ne permettent pas la transition des électrons vers la bande de conduction.

Le silicium cristallin est un semi-conducteur pour lequel $E_g = 1,12$ eV

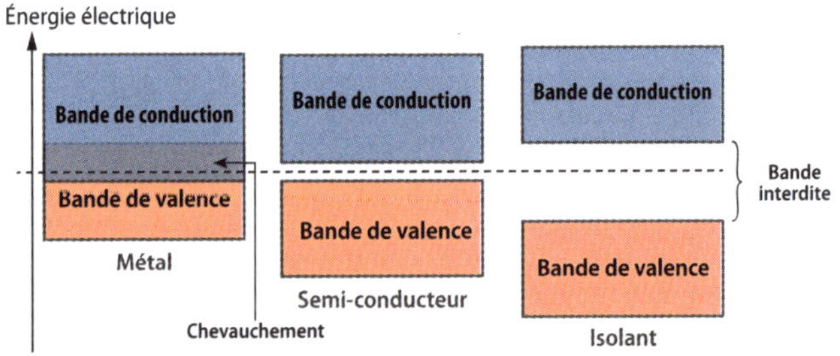

Métal : La bande de valence et la bande de conduction se chevauchent.
Semi-conducteur : La bande interdite est moins large que dans le cas des isolants. Les électrons peuvent la franchir à condition de recevoir de l'énergie.
Isolant : La bande interdite est trop large pour que les électrons puissent la franchir.

- La conductivité électrique d'un semi-conducteur est améliorée si l'on remplace certains atomes du réseau par des atomes ayant un électron de plus ou de moins. On désigne sous le nom de dopage le fait d'introduire des impuretés dans le cristal.

Exemple : en introduisant des atomes de phosphore (15 électrons) dans un cristal de silicium (14 électrons), on crée un semi-conducteur ayant un surplus d'électrons libres : c'est le dopage de type N.

Les capteurs photovoltaïques

À revoir
OK

17

1 DÉFINITION D'UNE CELLULE PHOTOVOLTAÏQUE

Une cellule photovoltaïque absorbe l'**énergie radiative** du soleil (énergie de rayonnement) et la convertit en **énergie électrique**.

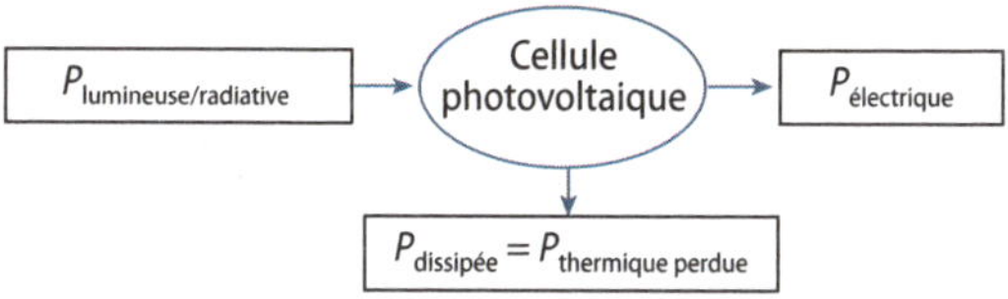

Chaîne de puissance d'une cellule photovoltaïque

2 MATÉRIAUX SEMI-CONDUCTEURS

- Les cellules photovoltaïques sont constituées de matériaux **semi-conducteurs**. Le soleil émet de la lumière dont le spectre est présenté ci-dessous. La comparaison entre le spectre d'absorption d'un matériau semi-conducteur et le spectre solaire permet de déterminer s'il est envisageable de l'utiliser pour fabriquer un capteur photovoltaïque. Les cellules photovoltaïques les plus répandues sont constituées de **silicium cristallin**. Les cellules en **silicium amorphe** ($E_g = 1{,}77$ eV) sont moins chères, mais ont une durée de vie moins élevée. Depuis quelques années, certaines entreprises recourent au tellurure de cadmium (CdTe) en tant que composé semi-conducteur, à la place du silicium.

Énergie utilisable dans le spectre solaire pour un capteur au silicium monocristallin

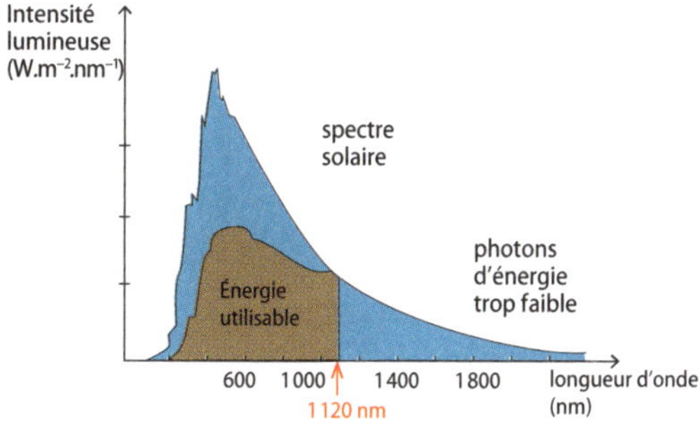

Pour aller plus loin

Depuis 2014, en France, le recyclage des panneaux photovoltaïques est une obligation légale. Les panneaux constitués de silicium représentent 80 % du marché et sont recyclables à 85 %.

3 UNE CELLULE PHOTOVOLTAÏQUE

- L'intensité du courant I qui traverse une cellule photovoltaïque est mesurée pour différentes valeurs de la tension U à ses bornes.

La courbe $I = f(U)$ représente la caractéristique de la cellule photovoltaïque. L'intensité du courant de court-circuit est noté I_{CC} : c'est le courant qui traverse la cellule lorsque la tension à ses bornes est nulle : $I_{CC} = 1,6$ mA. La tension à vide Uc_0 est la tension aux bornes de la cellule lorsque celle-ci est en circuit ouvert, c'est-à-dire quand le courant la traversant est nul : $Uc_0 = 5,0$ V.

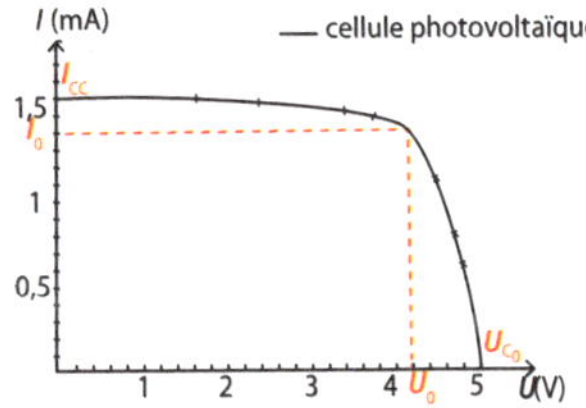

4 RÉSISTANCE MAXIMISANT LA PUISSANCE

- En courant continu, la puissance électrique fournie ou reçue par un dipôle est $P = U \times I$. P en Watts, U en Volts (V) et I en ampères (A).

- Une cellule photovoltaïque doit être utilisée dans des conditions telles que la puissance qu'elle délivre soit maximale. Le graphique ci-contre donnent la puissance P en fonction de la tension U. La puissance est maximale pour $U_0 = 4,2$ V, ce qui correspond à $I_0 = 1,4$ mA.

$$\frac{P_{max}}{U_0} = 1,4 \text{ mA}$$

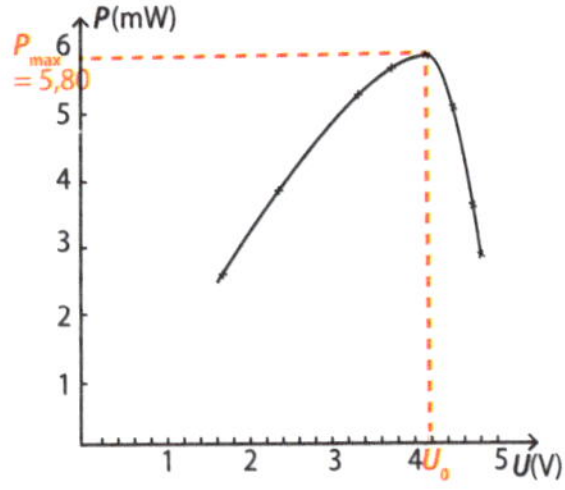

- La tension U aux bornes d'un conducteur ohmique de résistance R est proportionnelle à l'intensité I du courant électrique qui le traverse. Ce dipôle suit la loi d'Ohm : $U = R \times I$

U en Volts (V), R en Ohms (Ω), I en ampères (A).

- L'utilisation de la loi d'Ohm permet de déterminer la valeur de la résistance optimale :

$$R = \frac{U_0}{I_0} = \frac{4,2}{1,4 \times 10^{-3}} = 3,0 \times 10^3\ \Omega.$$

Obtention d'énergie électrique à partir d'énergie mécanique

À revoir
OK

18

1 CONVERSION INDIRECTE

- Dans une centrale thermique à flamme, la combustion du fioul, du gaz, du charbon (sources d'énergies fossiles) ou encore de la biomasse (déchets ménagers ou végétaux) permet de produire de la vapeur d'eau qui met en rotation une turbine reliée à un alternateur. Il existe cependant d'autres modes de production d'énergie électrique qui ne nécessitent pas de combustion, la plupart repose sur la conversion d'énergie mécanique en énergie électrique.

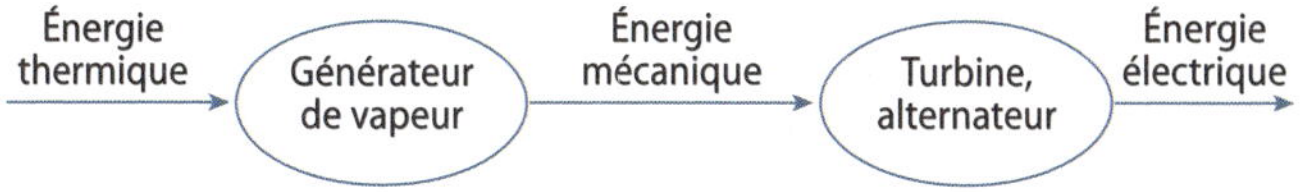

- Dans une centrale nucléaire, des noyaux d'uranium remplacent le combustible fossile. Le cœur du réacteur d'une centrale nucléaire contient des pastilles d'uranium 235. Lorsqu'un neutron vient heurter un noyau d'uranium, celui-ci se casse en libérant d'autres neutrons et de l'énergie sous forme de chaleur. Les neutrons libérés vont percuter d'autres noyaux d'uranium et ainsi de suite : la réaction s'auto-entretient, on parle de réaction en chaîne. La chaleur dégagée par la fission est utilisée pour transforme l'eau en vapeur dans le générateur de vapeur. De la même manière que dans les centrales thermiques à flamme, c'est cette vapeur qui entraîne une turbine et son alternateur pour produire l'électricité. La vapeur d'eau est ensuite refroidit, elle se condense et elle est renvoyée dans le générateur de vapeur.

- Les centrales solaires thermiques se servent de la chaleur du soleil, reçue et concentrée par des miroirs, pour produire elles aussi de la vapeur d'eau. Exemple : La première centrale solaire thermodynamique d'Amérique du Sud a été officiellement inaugurée en 2019. Elle a été construite au cœur du désert d'Atacama au Chili. Elle est constituée de 10 600 héliostats, des miroirs plans mobiles qui réfléchissent et concentrent les rayons du soleil vers une tour centrale, culminant à 250 mètres de haut. La concentration des rayons chauffe un fluide caloporteur (des sels fondus). Ce sel fondu atteint des températures supérieures à 500 °C pour ensuite transférer cette chaleur à de l'eau (grâce à des échangeurs thermiques) afin de produire de la vapeur à haute pression et générer de l'électricité. Mais cette chaleur peut aussi être stockée dans les sels pour une utilisation ultérieure, ce qui permet la production d'électricité même en l'absence de soleil.

- Une **centrale géothermique** produit de l'électricité grâce à la chaleur de la terre qui transforme l'eau contenue dans les nappes souterraine en vapeur d'eau.

- Toutes ces centrales ont un point commun : la vapeur sous pression produite fait tourner une turbine qui entraîne un alternateur.

2 CONVERSION DIRECTE

- Certaines sources d'énergie mécanique peuvent directement actionner les turbines : l'eau (dans les **barrages hydroélectriques**), le vent (dans les **éoliennes**), les courants marins ou des marées (dans les **hydroliennes**).

- Par exemple, le barrage d'Aussois, en Savoie, forme une retenue d'eau de 4 millions de m^3, qui permet de stocker l'énergie de l'eau sous forme d'**énergie potentielle de pesanteur** : $E_p = 3{,}4 \times 10^{13}$ J. Lorsque les vannes sont ouvertes, l'eau subit une chute de 861 m, son énergie potentielle se transforme en **énergie cinétique**, ce qui fait tourner une turbine qui actionne un alternateur.

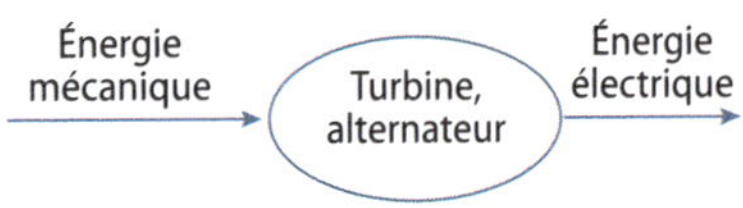

L'énergie électrique produite si la retenue d'eau est entièrement vidée est $E_{él} = 2{,}3 \times 10^{13}$ J. Le rendement global de cette centrale peut être calculé :

$$\eta = \frac{E_{exploitable}}{E_{entrée}}$$

L'énergie exploitable est ici l'énergie électrique et l'énergie d'entrée est l'énergie potentielle de pesanteur de l'eau. $\eta = \frac{E_{él}}{E_p}$

$$\eta = \frac{2{,}3 \times 10^{13}}{3{,}4 \times 10^{13}} = \frac{2{,}3}{3{,}4} = 0{,}68$$

Le rendement de cette centrale est de 68 %.

Conversion d'énergie radiative et chimique

À revoir
OK

19

1 LA CONVERSION D'ÉNERGIE RADIATIVE

- La production directe d'électricité à partir de l'énergie radiative reçue du soleil est effectuée par des panneaux photovoltaïques.

- Exemple : Située à quelques kilomètres de Bordeaux, la centrale solaire de Cestas, dont la mise en service a eu lieu en octobre 2015, développe une puissance de 300 MW, ce qui en fait la plus importante d'Europe. Elle est constituée de 983 500 modules photovoltaïques occupant une surface de 2,0 km^2. Dans cette région, l'énergie du rayonnement solaire est d'environ 1,35 MWh/m^2 par an.

- L'énergie électrique produite et la puissance sont liées par la relation :

$$E_{él} = P \times \Delta t$$

avec $E_{él}$ en MWh, P en MW et Δt en heures
Dans la région de Bordeaux, on compte environ 2100 heures d'ensoleillement par an :
$\Delta t = 2\ 100$ h
Pour la centrale de Cestas, $P = 300$ MW
$E_{électrique} = 300 \text{ MW} \times 2\ 100 \text{ h} = 630\ 000 \text{ MWh} = 6{,}3 \times 10^5 \text{ MWh}$

- Le rendement énergétique d'une centrale solaire photovoltaïque est donné par la relation :

$$\eta = \frac{E_{électrique}}{E_{radiative}}$$

Les panneaux solaires de la centrale de Cestas occupent une surface de 2,0 km^2 soit 2,0 $\times 10^6$ m^2.
L'énergie radiative reçue par l'ensemble des panneaux solaires est alors :
$E_{radiative} = 1{,}35 \text{ MWh/m}^2 \times 2{,}0 \times 10^6 \text{ m}^2 = 2{,}7 \times 10^6 \text{ MWh}$

Le rendement de cette centrale est :

$$\eta = \frac{6{,}3 \times 10^5}{2{,}7 \times 10^6} = 0{,}23 \text{ soit } 23\ \%$$

2 LA CONVERSION ÉLECTROCHIMIQUE

- C'est le physicien italien Alessandro Volta qui a inventé la première pile électrique en 1800. Il a réussi à produire de l'électricité en empilant successivement des disques de cuivre et de zinc séparés par du carton imbibé d'eau salée. Le principe de la pile actuelle est basé sur ce modèle mais l'eau salée est remplacée par un gel conducteur et les métaux cuivre et zinc sont remplacés par d'autres métaux.

- Dans une pile, se produit une transformation chimique qui entraîne un mouvement d'électrons d'un métal à l'autre. Une partie de l'**énergie chimique** des réactifs est convertie en **énergie électrique** et une autre partie est transférée à l'extérieur sous forme d'énergie thermique. La consommation des réactifs entraîne « l'usure » de la pile.

- Une **batterie** ou **accumulateur**, fonctionne sur le même principe mais il est rechargeable. Son fonctionnement est réversible : en appliquant une tension à ses bornes, on force la transformation chimique à se dérouler dans l'autre sens, les réactifs sont régénérés.

- Dans une **pile à hydrogène**, c'est la réaction chimique entre le dihydrogène H_2 et le dioxygène O_2 qui produit de l'énergie électrique.

Principe de fonctionnement d'une pile à hydrogène

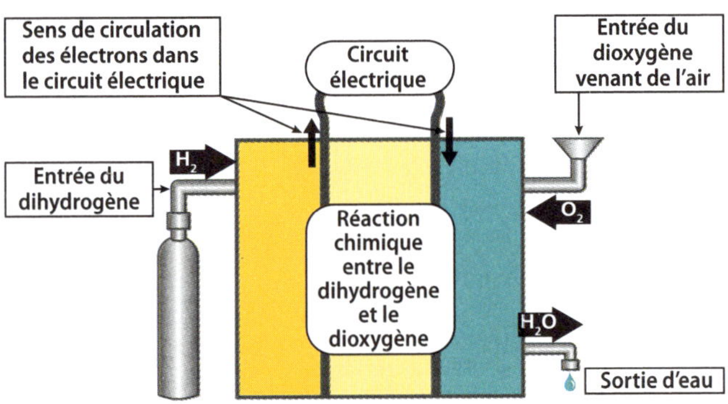

Impacts environnementaux de la production d'électricité et stockage

À revoir
OK

20

1 IMPACTS SUR L'ENVIRONNEMENT

- Si les méthodes pour obtenir de l'énergie électrique sans combustion ont l'avantage de ne pas produire directement de dioxyde de carbone, elles ont néanmoins des impacts sur l'environnement, la biodiversité, et présentent des risques spécifiques.
- Les éoliennes, par exemple, sont à l'origine de nuisances sonores et visuelles ; elles ont une durée de vie de 20 ans seulement et ont un impact sur les oiseaux. Elles nécessitent des alternateurs renfermant des aimants de forte puissance. C'est pour cela que les aimants de certaines éoliennes contiennent du néodyne, un métal appartenant au groupe des terres rares, et ayant des propriétés magnétiques remarquables.
- Cependant, les conditions d'exploitation et de production des terres rares sont sujettes à controverse car elles font appel à des procédés complexes et polluants : rejets d'acides, de bases, de solvants, de métaux lourds ou de déchets radioactifs et utilisation de quantités importantes d'eau. Les normes environnementales, les coûts de production élevés et les faibles concentrations en métaux rares de certains gisements ont conduit des pays industrialisés à abandonner progressivement cette production. Ils ont laissé le monopole à la Chine qui produit actuellement plus de 90 % des terres rares.

Remarque

Les éoliennes ne contiennent pas toutes des terres rares, certaines par exemple, utilisent des électroaimants à la place des aimants permanents, et donc pas de terres rares.

- Les batteries au lithium représentent actuellement les batteries les plus utilisées (téléphones portables, ordinateurs, voitures électriques...). Les batteries du type lithium-ion ont une densité énergétique environ dix fois plus grande qu'une batterie au plomb et une durée de vie plus longue. Bien que le lithium soit abondant sur terre, son extraction n'est pas sans impact sur l'environnement : assèchement de la zone, contamination des sols, destruction de la biodiversité locale...

2 STOCKAGE DE L'ÉNERGIE ÉLECTRIQUE

L'électricité doit pouvoir être stockée afin d'ajuster production et consommation énergétiques, et de faire face à d'éventuelles pénuries. L'électricité ne se stocke pas directement, mais elle peut être convertie en d'autres formes qui sont stockables : il s'agit d'un stockage indirect.

a Sous forme chimique

- Dans le cas d'un **accumulateur** ou d'une **pile à hydrogène**, l'énergie est stockée sous forme **chimique** pour être restituée ultérieurement sous forme **électrique**.

- Le **dihydrogène** n'existe pas à l'état brut dans la nature, il est produit industriellement en apportant de l'énergie. Le principe consiste à séparer l'hydrogène de l'oxygène d'une molécule d'eau (formule H_2O) grâce à un courant électrique, au sein d'un électrolyseur. Le dihydrogène obtenu est stocké sous pression.

Chaine énergétique de l'électrolyseur

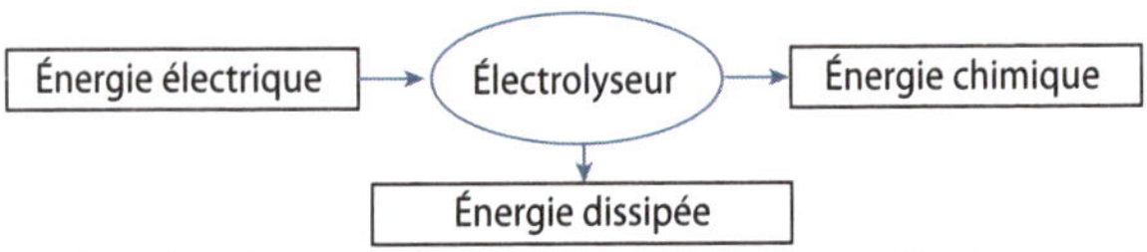

Puis, en fonction des besoins des consommateurs, le dihydrogène stocké est recombiné avec le dioxygène de l'air au sein d'une pile à combustible pour produire de l'électricité et exclusivement de la vapeur d'eau.

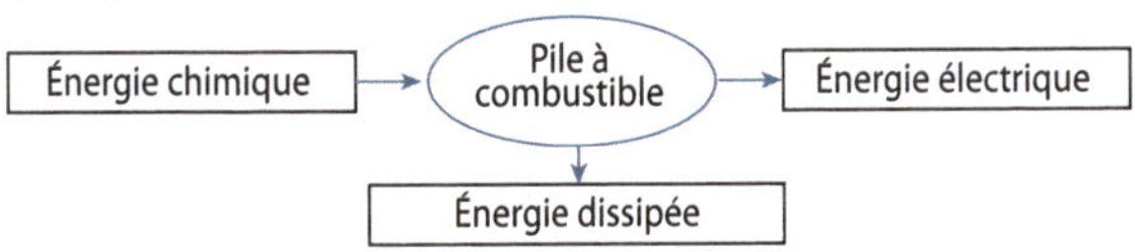

Chaine énergétique de la pile à combustible

b Sous forme potentielle

L'eau en haut d'une chute ou celle retenue dans un barrage possède de l'**énergie potentielle de pesanteur** du fait de son altitude. Une station de transfert d'énergie par pompage comprend un lac supérieur et une retenue d'eau inférieure. En période de faible demande d'électricité, l'usine fait fonctionner des pompes qui remontent l'eau. En période de forte demande d'électricité, l'eau redescend en passant par la turbine et l'usine produit de l'énergie électrique.

c Sous forme électromagnétique

Un super condensateur est constitué de deux électrodes séparées par un isolant. L'application d'une tension permet l'accumulation de charges, positives d'un côté, négatives de l'autre. Un supercondensateur est un réservoir d'énergie électrique.

Le transport de l'électricité

- À revoir
- OK

21

1 DE LA PRODUCTION À LA DISTRIBUTION

- Des sites de production (centrales thermiques, éoliennes...) jusqu'aux sites de consommation (entreprises, particulier...), l'électricité est acheminée grâce à un **réseau électrique** constitué de lignes électriques.

- En France, le **réseau de grand transport** utilise des **lignes à très haute tension** (225 kV et 400 kV) pour transporter de grandes quantités d'énergie électrique sur de longues distances.

Remarque

Le préfixe « kilo » correspond à 1000 ou 10^3 : 400 kV = 400 000 V.

- Ces tensions élevées ne sont adaptées ni à la production de l'électricité, ni à sa consommation. Elles nécessitent donc des dispositifs capables d'augmenter ou d'abaisser la tension : des **transformateurs** ou postes de transformation.

- Le **réseau de répartition** utilise des lignes à **haute tension** (entre 63 kV et 90 kV).

- Le **réseau de distribution** utilise exclusivement des lignes à **moyenne tension** (20 kV) et à **basse tension** (230 V).

Remarque

En France, la tension domestique est de 230 V. Mais tous les pays n'ont pas fait le même choix, elle varie entre 100 V (Japon) et 240 V (Australie ...).

2 LA LIGNE À HAUTE TENSION

- Une ligne électrique à haute tension peut être modélisée de manière simple par un circuit électrique composé d'un conducteur ohmique, de résistance R.

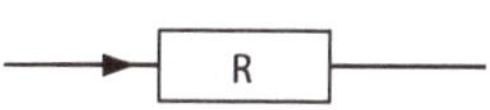

- La résistance R d'un câble électrique de longueur L, de section S et de résistivité ρ est $R = \rho \times \frac{L}{S}$

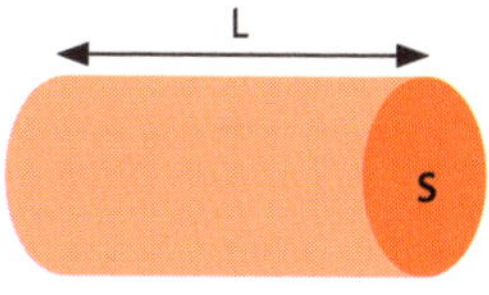

L la longueur du conducteur exprimée en m.
S la surface en m^2 appelée section ;
ρ est la résistivité du matériau exprimée en $\Omega \cdot m$.
R résistance en ohms (Ω)

- On peut déduire de cette relation que :
– plus la longueur L du câble augmente, plus sa résistance R est grande.
– plus la section S est grande, plus la résistance R est faible.
– plus la résistivité ρ du matériau est grande, plus la résistance R est grande.

	argent	cuivre	aluminium	fer
Résistivité ρ (W · m) à 300 K	$1{,}6 \times 10^{-8}$	$1{,}7 \times 10^{-8}$	$2{,}8 \times 10^{-8}$	$1{,}0 \times 10^{-7}$
Masse volumique ($g \cdot cm^{-3}$)	10,5	9,0	2,8	7,9
Prix de 1 kg (euros)	492	4,56	1,49	0,081

- Le cuivre et l'aluminium sont les matériaux les plus fréquemment utilisés pour les câbles électriques en raison de leur faible résistivité (et donc de leur excellente conductivité). L'argent a une résistivité encore plus basse, mais il est bien plus cher.

- Le cuivre est un meilleur conducteur que l'aluminium. Cependant l'aluminium est moins cher et plus léger, il est donc privilégié pour les câbles de grande taille et pour les lignes aériennes.

L'effet Joule

- À revoir
- OK

22

1 DÉFINITION

● Au cours du transport, une partie de l'énergie électrique, dissipée dans l'environnement par **effet Joule**, ne parvient pas à l'utilisateur.

● On appelle « effet Joule » le dégagement de chaleur qui accompagne le passage d'un courant électrique dans un matériau conducteur lui opposant une résistance. L'effet Joule correspond à la transformation d'énergie électrique en **énergie thermique**.

● La puissance dissipée par effet Joule dans un conducteur électrique est $P_J = R \times I^2$.
P : en watts (W)
R : résistance du conducteur électrique en ohms (Ω)
I : intensité du courant en ampères (A)

2 DIMINUTION DES PERTES PAR EFFET JOULE

● Pour diminuer les pertes par effet Joule, il faut minimiser I. Or la puissance électrique est égale au produit de la tension U par l'intensité I du courant : $P = U \times I$
U en volts (V)
I en ampères (A)

● Si on veut **diminuer I**, à puissance constante, il faut **augmenter la tension U**.
Exemple : On considère un appareil électrique de puissance $P = 2{,}8$ kW alimenté par un câble électrique de résistance $r = 1{,}1\ \Omega$.

Tension U	230 V	1,5 kV = 1500 V
Intensité I	$I = \frac{P}{U} = \frac{2{,}8 \times 10^3}{230}$ = 12 A.	$I = \frac{P}{U} = \frac{2{,}8 \times 10^3}{1{,}5 \times 10^3}$ = 1,9 A
Puissance P_J dissipée par effet Joule dans le câble	$P_J = r \times I^2 = 1{,}1 \times 12^2$ $P_J = 1{,}6 \times 10^2$ J	$P_J = r \times I^2 = 1{,}1 \times 1{,}9^2$ $P_J = 4{,}0$ J
	$1{,}6 \times 10^2 > 4{,}0$	

Plus la tension est élevée, plus les pertes par effet Joule sont faibles.

- L'utilisation de lignes à très haute tension (400 000 V soit 400 kV en France) pour le transport de l'électricité permet donc de diminuer les pertes par effet Joule.

- Le réseau électrique en France est parcouru par du courant alternatif. Cependant, pour transporter de l'électricité sur de très longues distances ou lorsque les câbles sont enterrés, les pertes en lignes sont moins importantes avec des câbles à courant continu.

- La Chine, par exemple, a besoin de transporter l'électricité sur des milliers de kilomètres car sa production énergétique est essentiellement située dans les régions désertiques de l'Ouest et du Nord, où se trouvent les mines de charbon et les gisements d'énergies renouvelables, alors que 80 % de la population habite à l'est et au sud. Elle s'appuie donc sur la technologie dite CCUHT (courant continu ultra haute tension ou UHVDC en anglais) et met en service des lignes avec une tension de 800 kV, voire 1 100 kV.

Optimisation du réseau électrique

- À revoir
- OK

23

1 LE RÉSEAU ÉLECTRIQUE

● L'énergie électrique produite et consommée varie à chaque instant et dépend de nombreux paramètres : la période de l'année, le jour de la semaine, l'heure, la météo, l'activité économique... L'électricité produite par les centrales ne se stockant pas, il est donc nécessaire d'équilibrer en permanence, en temps réel, l'offre et la demande. En France, le gestionnaire de réseau de transport est RTE et le réseau s'appuie sur des centres de dispatchings.

● Un réseau de distribution électrique comporte de nombreuses sources distributrices. Une source distributrice est une source qui alimente en électricité les particuliers et les industries, c'est une centrale de production. Un réseau comporte également de nombreux destinataires ou cibles destinatrices.

2 MODÉLISER UN RÉSEAU ÉLECTRIQUE

● On peut modéliser mathématiquement un réseau par un graphe orienté dont les arêtes représentent les lignes électriques et dont les sommets représentent les sources de distribution, les cibles destinatrices (les consommateurs) et les nœuds intermédiaires du réseau.

Un réseau comprenant deux sources distributrices S_1 et S_2, un nœud intermédiaire N, et deux cibles destinatrices C_1 et C_2 et son graphe orienté associé.

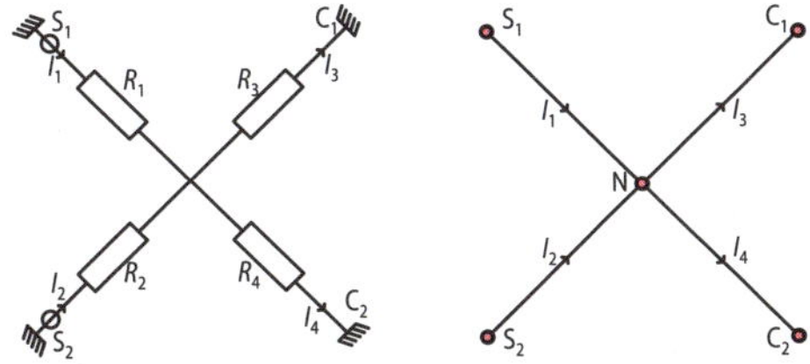

3 OPTIMISER LE TRANSPORT DE L'ÉNERGIE

● Dans ce modèle, l'objectif est de minimiser les pertes par effet Joule sur l'ensemble du réseau sous les contraintes suivantes :

– la somme des intensités des courants qui arrivent à un nœud est égale à la somme des intensités des courants qui en repartent : c'est la loi des nœuds.

– l'intensité totale sortant d'une source est limitée par la puissance maximale distribuée.
– l'intensité totale arrivant à chaque cible est imposée par la puissance qui y est utilisée.
Exemple :
On considère le circuit électrique précédent où $R_1 = 0{,}2\ \Omega$, $R_2 = 0{,}3\ \Omega$, $R_3 = R_4 = 0{,}1\ \Omega$, $I_3 = 3$ A et $I_4 = 7$ A. Les sources S_1 et S_2 fournissent chacune 7 ampères au maximum. Le but est de déterminer les intensités I_1 et I_2 de façon à ce que la puissance dissipée par effet Joule P_J soit la plus faible possible.

● D'après la loi des nœuds, on a
$I_1 + I_2 = I_3 + I_4 \Leftrightarrow I_1 + I_2 = 3 + 7 \Leftrightarrow I_1 + I_2 = 10$. On a donc $I_2 = 10 - I_1$

● Les sources fournissant au maximum 7 ampères, $I_1 \leqslant 7$ A et $I_2 \leqslant 7$ A. Comme $I_2 = 10 - I_1$ on a $10 - I_1 \leqslant 7$ ce qui équivaut à $-I_1 \leqslant -3$ et donc $I_1 \geqslant 3$.
Finalement, on a $3\ \text{A} \leqslant I_1 \leqslant 7\ \text{A}$.

● L'expression de la puissance dissipée par effet Joule dans l'ensemble de ces lignes électriques est $P_J = R_1I_1^2 + R_2I_2^2 + R_3I_3^2 + R_4I_4^2$

$$= 0{,}2I_1^2 + 0{,}3(10 - I_1)^2 + 0{,}1 \times 3^2 + 0{,}1 \times 7^2$$

$$= 0{,}2I_1^2 + 0{,}3(100 - 20I_1 + I_1^2) + 5{,}8$$

$$= 0{,}2I_1^2 + 30 - 6I_1 + 0{,}3I_1^2 + 5{,}8$$

$$= 0{,}5I_1^2 - 6I_1 + 35{,}8.$$

Rappel

$(a - b)^2 = a^2 - 2ab + b^2$

● Les valeurs obtenues à la calculatrice ou la représentation graphique de cette fonction permettent de déterminer son minimum.

I_1 (A)	3	3,5	4	4,5	5	5,5	6	6,5	7
P_J (W)	22,3	20,925	19,8	18,925	18,3	17,925	17,8	17,925	18,3

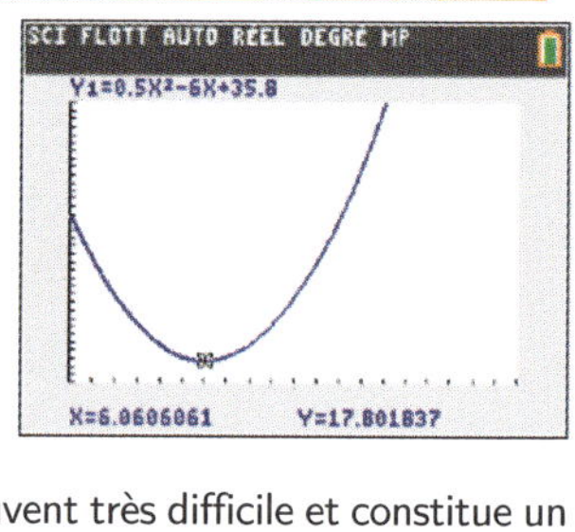

Le minimum de la puissance dissipée semble être atteint pour $I_1 = 6$ A et valoir 17,8 W.
Comme $P - 17{,}8$ est positif ou nul, P est supérieure ou égale à 17,8 W. 17,8 W est bien un minimum. La conjecture est donc bien exacte. On a aussi $I_2 = 10 - 6 = 4$ A.

● La résolution exacte des problèmes d'optimisation sous contraintes est souvent très difficile et constitue un secteur de recherche important.

Le mix énergétique

- À revoir
- OK

24

1 DIVERSIFIER LES RESSOURCES ÉNERGÉTIQUES

● Les choix énergétiques doivent tenir compte de nombreux critères et paramètres. Il faut d'abord **évaluer les besoins**, puis faire le bilan des **ressources** disponibles afin de les mettre en adéquation.

● Les **impacts** climatiques, écologiques, sanitaires, agricoles sont pris en compte, ainsi que les conséquences économiques et sociales (création d'emploi par exemple).

● Les **risques** liés aux choix énergétiques effectués doivent être identifiés, évalués, traités.

● L'analyse de tous ces éléments conduit le plus souvent à une recherche de diversification des ressources énergétiques, que ce soit au niveau local ou national. Cette diversification est appelée **mix énergétique**.

2 DEUX CHOIX DE MIX ÉNERGÉTIQUE

Production d'électricité en France en 2018

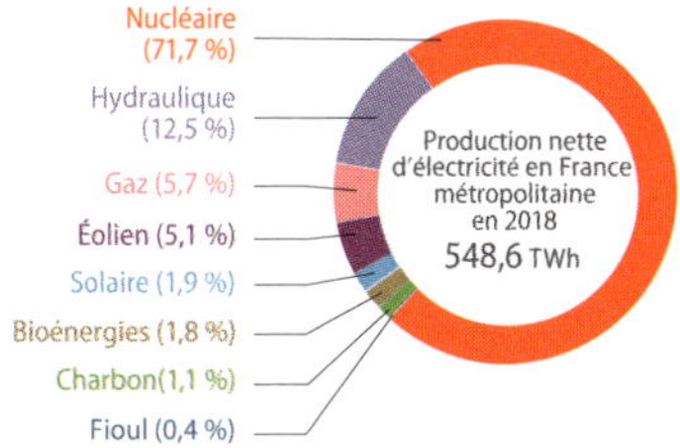

Production d'électricité en Allemagne en 2018

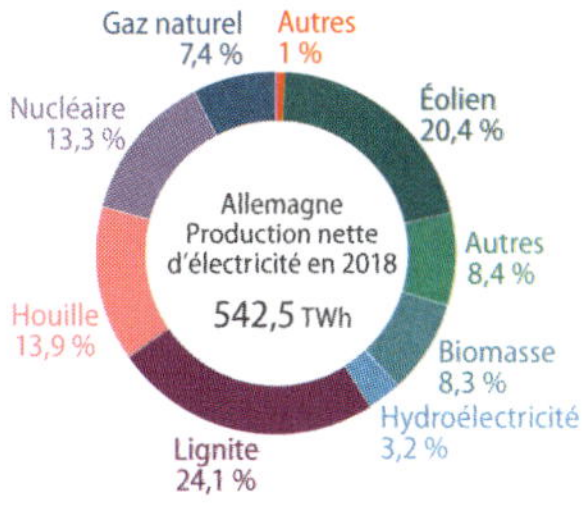

● Les choix historiques français et allemand ont conduit à des mix de production électriques très différents entre les deux pays. Alors que la

France a choisi de s'orienter vers la technologie nucléaire, l'Allemagne a privilégié la houille et le lignite (sortes de charbon), dont elle dispose en abondance. Si la France est mieux dotée que l'Allemagne en ce qui concerne ses ressources et ses moyens de production hydrauliques (12,5 % du mix de production électrique en 2018), l'Allemagne quant à elle a fait le choix de développer massivement les technologies renouvelables : biomasse, photovoltaïque et éolien, qui ont représenté, en 2018, 37,1 % de sa production d'énergie électrique.

● En conséquence l'empreinte carbone de l'électricité en France est inférieure à celle de l'Allemagne. En tenant compte des émissions de CO_2 liées à la mise à disposition de l'énergie primaire à la centrale électrique (lors de l'extraction, de la transformation, du transport...) et des émissions engendrées par la construction des infrastructures (voir tableau ci-dessous), la masse de CO_2 générée par la production de 1 kWh d'électricité en France est de 52 g alors qu'en Allemagne elle est de 459 g.

Masse « en équivalent CO_2 » d'un kWh électrique selon le mode de production.

Nucléaire	Gaz	Charbon	Fioul	Éolien	Photovoltaïque	Hydroélectrique	Biomasse
10	406	1038	704	9	56	13	230

3 LA NÉCESSAIRE TRANSITION ÉNERGÉTIQUE

● Malgré l'urgence requise pour agir, la transition énergétique nécessite des durées longues. En effet, elle engendre le plus souvent la construction d'infrastructures lourdes qui s'étale sur de nombreuses années. Certains projets engagent nos sociétés sur plusieurs générations. Si par exemple le projet ITER de fusion nucléaire (voir fiche suivante) date de 1986, la construction des bâtiments n'a démarré qu'en 2010, la phase d'assemblage du tokamak a commencé en juillet 2020, le premier plasma débutera en décembre 2025, les premières opérations au deutérium-tritium ne sont pas attendues avant 2035 et il faudrait attendre 2060 pour accéder à la fusion nucléaire commerciale...

Le choix du nucléaire en France et ses impacts

À revoir
OK

25

1 L'ÉNERGIE NUCLÉAIRE

- Dès les années 1960, la France a fait le choix du « tout nucléaire ». Le nucléaire permet d'économiser les ressources fossiles de la planète tel que le pétrole, le gaz, le charbon et émet très peu de CO_2. En effet, l'énergie ne provient pas d'une réaction de combustion, mais de la fission d'un noyau d'uranium 235 selon une réaction d'équation :

$${}^{235}_{92}U + {}^{1}_{0}n \rightarrow {}^{94}_{38}Sr + {}^{139}_{54}Xe + 3\,{}^{1}_{0}n$$ où ${}^{1}_{0}n$ est le symbole d'un neutron

- Un gramme d'uranium 235 fournit la même énergie que 3,5 tonnes de charbon.

- Cependant, l'industrie nucléaire présente des risques spécifiques, liés aux substances radioactives qu'elle utilise. Les accidents ont des conséquences majeures. La plus grande catastrophe nucléaire est celle survenue le 26 avril 1986 à Tchernobyl en Ukraine. L'explosion a entraîné d'importants rejets radioactifs dans l'atmosphère, qui ont contaminé une région immense (une zone de 100 km autour de la centrale a du être évacuée) et qui se sont dispersés au gré du trajet des masses d'air, couvrant une bonne partie de l'Europe. Les retombées radioactives au sol ont entraîné la contamination des végétaux (plantes cultivées, forêts...) et, par conséquent, la contamination des denrées alimentaires. Si le nombre de décès dénombrés sans ambiguïté et survenus peu de temps après l'accident est faible (moins de 50), le bilan humain reste l'objet d'âpres débats car les décès par cancers surviennent des années après une exposition à la radioactivité. Un autre accident nucléaire majeur s'est produit à Fukushima au Japon en mars 2011 suite à un tremblement de terre et à un raz de marée.

- De plus, ce mode de production d'électricité nécessite d'extraire le minerai contenant de l'uranium (en général dans des gisements à ciel ouvert), de l'enrichir en uranium 235, et cela n'est pas sans impact environnemental.

- Parmi les problèmes suscités par l'énergie nucléaire figurent les déchets nucléaires qui contiennent de nombreux noyaux radioactifs. Ces déchets sont classés en fonction de leur activité radioactive exprimée en becquerel par gramme (haute, moyenne, faible ou très faible) et en fonction de leur temps de demi-vie. Les noyaux radioactifs contenus dans les déchets nucléaires peuvent avoir des temps de demi-vie très longs

(16 millions d'années pour l'iode 129 par exemple). Ces déchets doivent être conditionnés, transportés, stockés dans des conditions garantissant, dans le temps, la protection de l'homme et de l'environnement. Les déchets à moyenne ou haute activité et à vie longue sont les plus compliqués à gérer. Ils sont vitrifiés, c'est-à-dire emprisonnés dans une pâte de verre solidifiée, placés dans des conteneurs en acier, et stockés provisoirement au centre de retraitement de la Hague. À long terme, l'option envisagée est de les stocker à grande profondeur (500 m sous terre). Le projet, qui a pour nom CIGEO (Centre Industriel de Stockage Géologique), est controversé.

Rappel

Le temps de demi-vie est la durée nécessaire pour que la moitié des noyaux d'un échantillon radioactif se soient désintégrés.

2 LE PROJET ITER

- Le projet ITER est un projet de recherche scientifique dont les bâtiments sont situés à Cadarache (en France dans les Bouches-du-Rhône). 35 pays sont engagés dans la construction du plus grand tokamak jamais conçu. C'est une machine qui doit démontrer que la fusion nucléaire peut être utilisée comme source d'énergie à grande échelle, non émettrice de CO_2, pour produire de l'électricité. La fusion nucléaire est une réaction au cours de laquelle deux noyaux légers fusionnent pour former un noyau plus lourd. Dans le soleil comme dans toutes les étoiles, ce sont des réactions de fusion qui sont à l'origine de l'énergie. Le potentiel énergétique des réactions de fusion est supérieur à toutes les autres sources d'énergie actuellement exploitées sur Terre. Cependant les noyaux des atomes sont chargés positivement. Pour permettre leur fusion, il faut vaincre la répulsion naturelle entre charges positives. Une température extrêmement élevée est donc nécessaire, température à laquelle les électrons sont séparés des noyaux : la matière est alors sous forme de plasma. L'ambition d'ITER est de porter à une température d'environ 150 millions de degrés un plasma de deutérium et de tritium, deux isotopes de l'hydrogène.

Remarque

Le **deutérium** comporte 1 proton et 1 neutron, le tritium comporte 1 proton et 2 neutrons. La réaction donne naissance à un noyau d'hélium comportant 2 protons et 2 neutrons.

$$\underset{\text{deutérium}}{{}^{2}_{1}\mathrm{H}} + \underset{\text{tritium}}{{}^{3}_{1}\mathrm{H}} \rightarrow \underset{\text{hélium}}{{}^{4}_{2}\mathrm{He}} + \underset{\text{neutron}}{{}^{1}_{0}\mathrm{n}}$$

- Ce projet exige des investissements très lourds, une coopération internationale et de longues années de travail. Il n'y a aucune garantie que la fusion soit un jour maîtrisée.

La transition écologique des sociétés

À revoir
OK

26

1 LA CRÉATIVITÉ SCIENTIFIQUE

- La transition écologique des sociétés repose d'une part sur la créativité scientifique et technologique.

- Le dihydrogène, par exemple, apporte de nouvelles solutions pour stocker l'électricité, se déplacer plus proprement. Le recours au dihydrogène s'articule en deux étapes :
– La production de dihydrogène. Le procédé d'électrolyse permet de produire du dihydrogène par décomposition de la molécule d'eau à partir d'un courant électrique. Si celui-ci est d'origine renouvelable (éolien, solaire, hydraulique), le dihydrogène permet alors de stocker, transporter et distribuer cette électricité intermittente. Cependant, le dihydrogène est un gaz inflammable, son stockage et son transport sont problématiques.
– L'utilisation du dihydrogène. Lorsque cela est nécessaire, on peut produire de l'électricité pour alimenter un moteur ou tout autre usage électrique à partir d'une pile à hydrogène. La combustion du dihydrogène ne produit que de l'eau.

- À Paris, depuis 2017, ont été installés des puits de carbone. Ce sont des colonnes remplies d'eau et de microalgues éclairées par des LED. Les microalgues croissent et se multiplient en captant le dioxyde de carbone et en rejetant du dioxygène par le biais de la photosynthèse. Ces algues vont faire donc le même travail que les arbres.

2 L'ÉVOLUTION DES COMPORTEMENTS

- La transition écologique repose également sur l'évolution des comportements individuels et collectifs. Elle nous invite à repenser notre modèle de consommation, de déplacement. Le consommateur apparaît comme l'un des acteurs décisifs du développement durable, à la fois parce que ses modes de consommation ont des effets environnementaux, mais aussi parce qu'il peut, par ses achats, orienter les activités en amont vers des processus moins néfastes pour l'environnement :
– Recourir aux modes actifs de transport (le vélo, par exemple) aux transports collectifs, à des véhicules moins consommateurs et moins polluants... En France, les transports représentent 28 % des émissions de CO_2.
– Diminuer son empreinte carbone en modifiant son alimentation : réduire la part de protéines animales au profit des protéines végétales, limiter

sa consommation de fruits et légumes hors saison, limiter sa consommation de produits importés par avion.

– Maîtriser sa consommation d'électricité en choisissant ses équipements. Par exemple, les deux ampoules dont les caractéristiques sont données ci-dessous ont le même flux lumineux, c'est-à-dire qu'elles émettent la même quantité de lumière. Elles fonctionnent toutes les deux sous une tension de 220 V et ont la même durée de vie. Par contre, elles n'ont pas la même puissance électrique et donc une consommation électrique différente, ce qui justifie leur classe énergétique différente et leur différence de prix.

	Ampoule A	**Ampoule B**
Flux lumineux (lumen)	1055	1055
Classe énergétique	A++	A+
Tension (V)	220	220
Température de couleur (K)	2700	4000
Puissance (W)	8	9,2
Durée de vie (heures)	15000	15000
Prix (euros)	8,00	5,90

Rappel

$E = P \times \Delta t$ ou E est l'énergie consommée en kWh, P la puissance électrique de l'appareil en kW et Δt la durée de fonctionnement en heures

L'énergie électrique par l'ampoule A pour 15 000 h de fonctionnement est : $E_A = P_A \times \Delta t$ avec $P_A = 8$ W $= 0{,}008$ kW soit $E_A = 0{,}008 \times 15\ 000 = 120$ kWh.

En prenant 0,16 euros comme prix moyen du kWh en France, le coût lié à la consommation électrique de cette ampoule est de $120 \times 0{,}16 = 19{,}2$ euros. Le cout global est $P_A = 19{,}2 + 8{,}0 = 27{,}2$ euros.

Pour l'ampoule B on trouve :

$E_B = 0{,}0092 \times 15\ 000 = 138$ kWh, soit $P_B = 138 \times 0{,}16 = 22$ euros, soit un cout global de $22 + 5{,}90 = 27{,}9$ euros.

Il vaut mieux choisir l'ampoule A, mais la différence de prix est peu marquée. Néanmoins, c'est une démarche responsable.

Carte mentale

Le futur des énergies

Deux siècles d'énergie électrique

- Depuis le XIXe siècle : L'alternateur, transforme l'énergie mécanique en énergie électrique.
- Depuis le XXe siècle : Les capteurs photovoltaïques, absorbent l'énergie radiative et la convertissent en énergie électrique.

Optimisation du transport de l'électricité

- Le réseau électrique comporte des sources et des cibles.
- Le réseau doit minimiser les pertes par effet Joule.
- Les lignes haute tension transportent l'électricité, mais nécessitent des transformateurs pour abaisser la tension sur le réseau de distribution.

Les atouts de l'électricité

- Les différentes conversions d'énergie : mécanique, radiative et chimique.
- Les différentes formes de stockage de l'énergie : chimique, potentielle, électromagnétique.

→ Contrepartie : Impacts négatifs sur l'environnement

Choix énergétiques et impacts sur les sociétés

- Le mix énergétique : diversification des ressources.
- L'industrie du nucléaire permet d'économiser les ressources fossiles mais comporte des risques spécifiques.
- La transition écologique repose sur : la créativité scientifique et technologique et l'évolution des comportements individuels et collectifs.

Mots-clés

Biomasse : matière organique fabriquée par les êtres vivants.

Combustible fossile : combustible issu de la décomposition très lente d'êtres vivants (principalement des végétaux) durant des millions d'années ; les combustibles fossiles principaux sont le charbon, le pétrole ou encore le gaz naturel.

Empreinte carbone : masse de gaz à effet de serre produit directement ou indirectement par la consommation d'énergie et /ou de matière première par une personne ou une activité.

Électroaimant : bobine qui produit un champ magnétique et qui se comporte donc comme un aimant lorsqu'elle est alimentée par un courant électrique.

Fission nucléaire : transformation d'un noyau de numéro atomique élevé en au moins deux noyaux de numéros atomiques plus faibles.

Fusion nucléaire : transformation au cours de laquelle deux noyaux atomiques légers s'assemblent pour former un noyau plus lourd.

Gaz à effet de serre (GES) : espèce chimique présente dans l'atmosphère absorbant une partie du rayonnement infrarouge émis par la surface terrestre.

Induction électromagnétique : phénomène au cours duquel un courant induit apparaît dans une bobine placée dans un champ magnétique variable.

Effet Joule : échauffement d'un conducteur parcouru par un courant électrique.

Mix énergétique : diversification des sources d'énergie utilisées.

Photon : particule élémentaire constituant la lumière, de charge et de masse nulle.

Ressources d'énergie renouvelable : ressource dont la durée de reconstitution est inférieure à la durée d'exploitation.

Transition écologique : modification de nos façons de consommer, de produire, de travailler, de vivre ensemble, dans le but d'évoluer vers un nouveau modèle économique et social de manière à répondre aux grands enjeux environnementaux de notre siècle (changement climatique, réduction de la biodiversité, diminution des ressources naturelles...).

Je me teste sur...

LE FUTUR DES ÉNERGIES

1 Un alternateur permet de... :

- ☐ **a.** transformer une énergie électrique en une énergie mécanique.
- ☐ **b.** transformer une énergie mécanique en une énergie électrique.
- ☐ **c.** fournit une tension variable et alternative.

2 Les cheminées des centrales nucléaires rejettent :

- ☐ **a.** De la vapeur d'eau.
- ☐ **b.** Du dioxyde de carbone.
- ☐ **c.** Des produits de fission de l'uranium.

3 L'énergie dans une centrale nucléaire est obtenue grâce à une réaction de :

- ☐ **a.** Fusion nucléaire.
- ☐ **b.** Combustion nucléaire.
- ☐ **c.** Fission nucléaire.

4 L'énergie est produite grâce au phénomène d'induction électromagnétique dans :

- ☐ **a.** Dans une centrale photovoltaïque.
- ☐ **b.** Dans une centrale nucléaire.
- ☐ **c.** Dans une éolienne.

5 L'électricité d'origine éolienne... :

- ☐ **a.** est une énergie renouvelable.
- ☐ **b.** a un bilan carbone nul si l'on considère uniquement son fonctionnement.
- ☐ **c.** peut avoir localement un impact environnemental négatif.

6 Les pertes par effet Joule sont... :

- ☐ **a.** nulles dans les lignes électriques à basse tension.
- ☐ **b.** plus importantes dans les lignes électriques à basse tension.
- ☐ **c.** plus importantes dans les lignes électriques à haute tension.

7 D'après la loi des nœuds, l'intensité totale du courant électrique entrant dans chaque nœud intermédiaire d'un réseau de distribution est :

- ☐ **a.** Égale à l'intensité totale du courant qui en sort.
- ☐ **b.** Nulle.
- ☐ **c.** Inférieure à l'intensité totale du courant qui en sort.

8 La source d'énergie qui émet le moins de gaz à effet de serre par kWh produit est :

- ☐ **a.** Le charbon.
- ☐ **b.** Le gaz naturel.
- ☐ **c.** Le nucléaire.

Corrigés au verso

Corrigés

1 Un alternateur permet de... :
> **b** et **c.** transformer une énergie mécanique en une énergie électrique. Le déplacement d'un aimant (rotor) induit une tension aux bornes d'une bobine (stator).

Voir **Fiche 15**

2 Les cheminées des centrales nucléaires rejettent :
> **a.** De la vapeur d'eau. La chaleur dégagée par la fission est utilisée pour transformer l'eau en vapeur dans le générateur de vapeur.

Voir **Fiche 18**

3 L'énergie dans une centrale nucléaire est obtenue grâce à une réaction de :
> **c.** Fission nucléaire.

Voir **Fiches 18** et **25**

4 L'énergie est produite grâce au phénomène d'induction électromagnétique dans :
> **b** et **c.** Dans une centrale nucléaire et dans une éolienne. Ce phénomène désigne l'apparition d'un courant induit dans une bobine soumise à un champ magnétique variable.

Voir **Fiche 18**

5 L'électricité d'origine éolienne... :
> **a**, **b** et **c.** est une énergie renouvelable, a un bilan carbone nul si l'on considère uniquement son fonctionnement et peut avoir localement un impact environnemental négatif.

Voir **Fiche 20**

6 Les pertes par effet Joule sont... :
> **b.** plus importantes dans les lignes électriques à basse tension. L'effet Joule correspond à la transformation d'énergie électrique en énergie thermique.

Voir **Fiche 22**

7 D'après la loi des nœuds, l'intensité totale du courant électrique entrant dans chaque nœud intermédiaire d'un réseau de distribution est :
> **a.** Égale à l'intensité totale du courant qui en sort.

Voir **Fiche 23**

8 La source d'énergie qui émet le moins de gaz à effet de serre par kWh produit est :
> **c.** Le nucléaire. Néanmoins, son impact environnemental est important.

Voir **Fiche 24**

Mesurer la biodiversité

☐ À revoir
☐ OK

28

1 LES TECHNIQUES D'ÉCHANTILLONNAGE

- Les techniques d'échantillonnage (spécimens ou ADN) permettent d'estimer la biodiversité dans différents milieux en y mesurant le nombre d'espèces présentes (richesse spécifique).

- Parmi ces techniques, on trouve notamment, la spectranomique qui utilise des capteurs installés par exemple sur des drones ou des avions, afin de capturer des images à haute résolution de la végétation. Par la suite, en analysant ces images, les chercheurs peuvent identifier les différentes espèces de plantes de la forêt.

- On peut ainsi évaluer :
– l'abondance d'une population, c'est à dire le nombre d'individus présents pour une même espèce dans un écosystème donné ;
– la richesse spécifique de cet écosystème qui correspond au nombre d'espèces qui y sont présentes.

- Les composantes de la biodiversité peuvent aussi être décrites par l'abondance (nombre d'individus) d'une population, d'une espèce ou d'un plus grand taxon.

2 « CAPTURE-MARQUAGE-RECAPTURE »

Capture

Recapture

N = 5 × 6 : 2 = 15

La technique de « capture-marquage-recapture »

- Pour déterminer la population d'une espèce, on utilise la technique de « capture-marquage-recapture » qui consiste à capturer un échantillon d'animaux, à les marquer puis, dans un second temps, dans le même lieu, à recapturer un autre échantillon de ces animaux. Elle suppose que la proportion d'individus marqués d'un échantillon de départ est identique dans l'échantillon de recapture et dans la population totale. On peut ainsi déterminer son effectif N, en un lieu donné, par le calcul de la quatrième proportionnelle.

3 L'INTERVALLE DE CONFIANCE

- En utilisant un intervalle de confiance, l'effectif d'une population peut aussi être déterminé à partir d'un seul échantillon. Plus la taille de l'échantillon est grande, plus l'estimation sera précise.

- Un intervalle de confiance permet de déterminer la marge d'erreur d'un échantillon, afin d'estimer ce qu'aurait été le résultat réel, en l'encadrant dans une fourchette.
Pour un niveau de confiance de 95 %, si l'effectif de l'échantillon et de n et la fréquence du caractère étudié de f, l'intervalle, exprimé en % est situé entre $f - \frac{1}{\sqrt{n}}$ et $f + \frac{1}{\sqrt{n}}$.

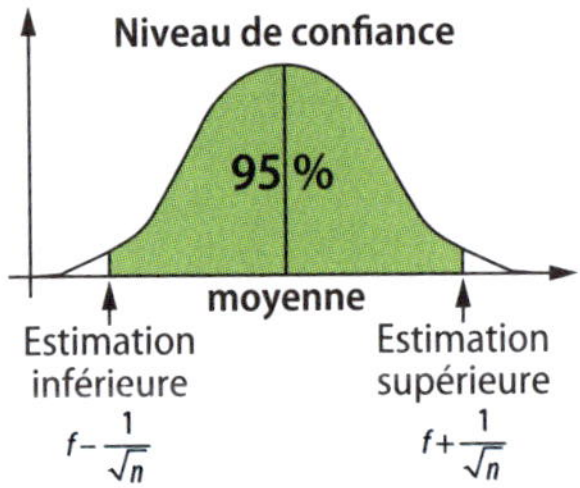

4 À LA DÉCOUVERTE DE LA BIODIVERSITÉ

- On estime le nombre d'espèces animales et végétales sur Terre à environ 8 millions et seulement 1,7 million ont été décrites et nommées. Il semblerait toutefois que le nombre d'espèces de microorganismes soit beaucoup plus élevé que prévu. En fonction des études, on parle de 100 millions à 1 000 milliards d'espèces.

- Des expéditions sont programmées régulièrement dans diverses régions du monde (amazonie, antarctique, méditerranée...) afin d'évaluer la diversité mais aussi l'écologie des espèces. Elles permettent leur suivi, la description de leur habitat, la compréhension de la dynamique de leur population, l'étude de leur diversité génétique, ceci afin de mieux les comprendre et de les protéger ou de les éradiquer s'il s'agit d'espèces envahissantes.

La stabilité génétique d'une population

À revoir
OK

29

1 LE MODÈLE D'HARDY-WEINBERG

- Au cours de l'évolution biologique, la composition génétique des populations d'une espèce change de génération en génération.
- Le modèle mathématique d'Hardy-Weinberg utilise les probabilités pour décrire le phénomène lié au hasard de transmission des allèles dans une population. En assimilant les probabilités à des fréquences pour des effectifs de grande taille (loi des grands nombres), le modèle prédit que la structure génétique d'une population de grande importante est stable d'une génération à l'autre sous certaines conditions (absence de migration, de mutation et de sélection). Cette stabilité théorique est connue sous le nom d'équilibre de Hardy-Weinberg.

Le modèle d'Hardy-Weinberg

Génotype	Fréquence
$a^+//a^+$	p^2
$a//a$	q^2
$a^+//a$	$2pq$

Fréquence des génotypes d'un gène dans une population (a^+ et a, deux allèles du gène de fréquences respectives p et q). La somme de ces fréquences est égale à 1.

2 LES MÉCANISMES ÉVOLUTIFS

- Des écarts existent toutefois entre les fréquences calculées par le modèle et les mesures réalisées au sein de populations naturelles. Ils sont dus essentiellement à des mécanismes évolutifs. En perturbant la stabilité génétique d'une population donnée, ces mécanismes écartent la structure génétique d'une population donnée de l'équilibre de Hardy-Weinberg.

a Les mutations

En modifiant la séquence d'ADN d'un gène par addition, substitution ou délétion, les mutations font apparaître de nouveaux allèles. Mais étant rares et souvent létales, leur impact reste faible.

b La sélection naturelle

- Sous la pression du milieu, les individus possédant les caractères les mieux adaptés ont plus de chance de survivre et de transmettre les allèles qui leur confère un avantage. Cela modifie la structure génétique d'une population au cours du temps.

- La sélection naturelle ne se fait pas au hasard, mais sous l'influence de différents facteurs, qui exerceront une pression de sélection, tels que le milieu (température, pollution...), la compétition (pour les ressources alimentaires, la reproduction)...

- Cependant, un allèle peut être défavorable dans certaines conditions et favorable dans d'autres. C'est pourquoi la fréquence allélique n'est pas la même au sein de populations vivant dans des milieux différents. La sélection naturelle peut ainsi contribuer à éloigner différemment plusieurs populations d'une même espèce de l'équilibre Hardy-Weinberg.

- Charles Darwin distingue la sélection sexuelle qui concerne la sélection des allèles favorisant l'accès aux partenaires sexuels, ce qui confère un avantage reproductif, de la sélection naturelle qui confère un avantage de survie.

c La dérive génétique

- De nombreux allèles ne sont pas soumis à la sélection naturelle car ils ne donnent pas d'avantages ou de désavantages à l'individu. Ils vont donc se répandre de manière aléatoire dans la population et peuvent augmenter ou disparaître. C'est la dérive génétique. Elle contribue ainsi à éloigner génétiquement différentes populations d'une même espèce. Elle s'observe d'autant mieux que la population comprend un faible effectif.

d Les migrations

- Lorsqu'un petit groupe d'individus quitte une population et migre, les allèles qu'ils vont emporter avec eux ne vont pas être représentatifs de la fréquence des allèles de la population dont ils sont issus. Par exemple, si le hasard fait que sur 50 migrants, 4 individus possèdent un allèle rare (0,5 % dans la population initiale) celui-ci va se retrouver surreprésenté dans ce petit groupe par rapport à sa fréquence de départ : 8 %, soit 16 fois plus. De plus, si à la suite de sa migration, il va se mélanger à une autre population, qui sera porteuse d'une information génétique différente, le brassage va mélanger l'ensemble des allèles dont la fréquence va être obligatoirement modifiée.

L'action de l'Homme sur la biodiversité

☐ À revoir
☐ OK

30

1 L'ACTIVITÉ HUMAINE NUIT À LA PLANÈTE

• L'Homme interagit de manière négative avec sa planète :
– en **polluant** son atmosphère (pollution liée entre autres à la combustion des énergies fossiles) ce qui entraîne une modification profonde des climats, et en polluant les sols.
– en **surexploitant** les espèces pour son alimentation et son industrie. Par exemple, le déclin du nombre de poisson dans les océans est pour plus de 50 % du a une surexploitation liée à la pêche intensive.
– en **important des espèces invasives et des maladies** : la mobilité de l'Homme à travers le monde est à l'origine de l'importation de nombreuses espèces invasives qui déstabilisent les écosystèmes d'origine. On estime que 72 % des maladies infectieuses émergentes transmises par les animaux à l'homme sont propagées par des animaux sauvages (les zones déboisées augmentent le contact entre la faune sauvage et l'homme et influencent la transmission d'agents pathogènes par ces animaux en liberté). Certains spécialistes considèrent que le pangolin serait à l'origine de la transmission du SARS-CoV-2, le coronavirus responsable de la pandémie de Covid-19.
– en **dégradant les habitats** : la déforestation, l'urbanisation, la pollution, la disparition des haies afin d'augmenter les surfaces agricoles sont des actions qui dégradent les écosystèmes et parfois les font disparaitre totalement.
– en **provoquant le changement climatique**.

Les principaux facteurs à l'origine du déclin des espèces actuelles

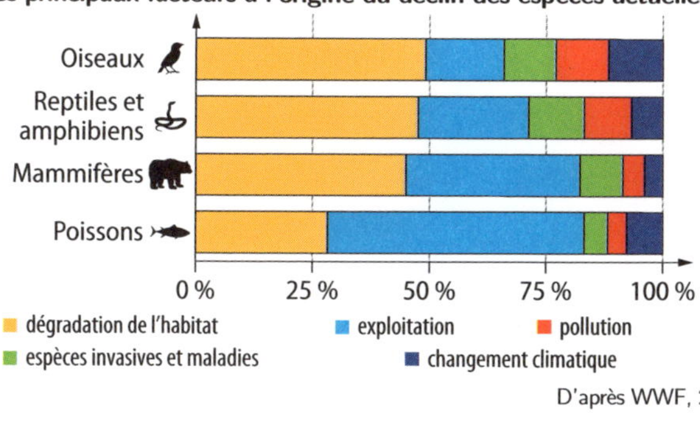

D'après WWF, 2018.

2 LA BIODIVERSITÉ EN DANGER

- Les activité humaines ont de graves conséquences sur la biodiversité : forte diminution des populations animales et végétales, extinction d'espèces, destruction d'écosystèmes.

- L'expansion agricole est l'un des principaux facteurs de la déforestation. Les plantations de palmiers à huile et de canne à sucre et le développement des cultures pour nourrir les animaux d'élevage (soja), sont les causes majeures de déboisement tout comme l'exploitation minière de métaux et de minéraux précieux et l'extraction des combustibles fossiles. On estime que 80 % de la couverture forestière mondiale originelle à été abattue où dégradée durant ces 30 dernières années.

- En fragmentant certains écosystèmes tels que les forêts tropicales, l'Homme divise la taille des populations des espèces qui les habitent. Cela entraîne, par dérive génétique, un appauvrissement de la diversité de ces populations car plus l'effectif d'une population est bas plus les allèles vont disparaitre rapidement ce qui peut accélérer la disparition de l'espèce concernée en la rendant plus vulnérable. Par exemple, les orangs-outans sont victimes de la fragmentation leur habitat pour la production d'huile de palme.

- Mieux connaître et gérer les écosystèmes permettra de prendre des mesures adéquates (limitation de la consommation de certaines ressources, sanctuarisation de certaines zones...) et d'y préserver la biodiversité.

- Une meilleure gestion de notre « action écologique » est aussi indispensable afin d'éviter certaines incohérences. Par exemple, des hectares de forêts sont abattus en Amazonie pour la culture de la canne à sucre qui permettra la production de bioéthanol.

L'origine d'une structure anatomique : l'œil

☐ À revoir
☐ OK

31

1 ANATOMIE DE L'ŒIL HUMAIN

- Certains organes présentent une étonnante complexité. L'œil humain possède des structures sophistiquées permettant :
– d'absorber et transformer la lumière en message nerveux : la rétine qui est constituées de deux types de photorécepteurs, les cônes, cellules sensibles aux différentes couleurs, et les bâtonnets, cellules sensibles à l'intensité lumineuse.
– de s'adapter à la luminosité : l'iris dont le diamètre peut varier en fonction de l'intensité lumineuse ;
– de s'adapter à l'éloignement de l'objet regardé : le cristallin qui joue le rôle de lentille en changeant sa courbure en fonction de la distance entre l'œil et l'objet;
– de faire converger la lumière sur le cristallin : la cornée qui est une lentille convergente.

- Ces adaptations évolutives permettent à l'œil humain d'être en concordance avec le rôle qu'il joue.

2 L'ŒIL HUMAIN ET L'ŒIL DE LA PIEUVRE

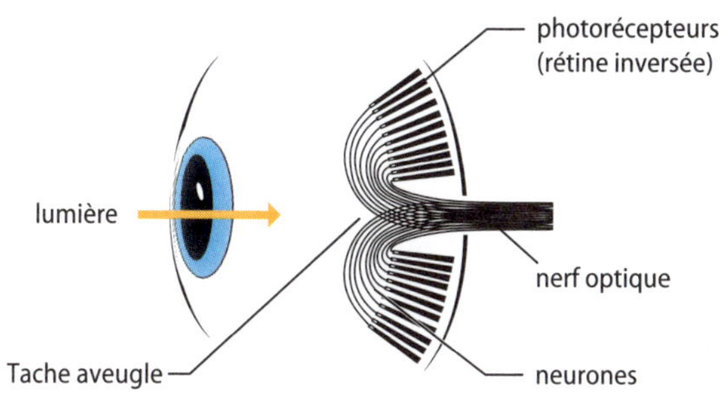

L'œil humain

- L'œil présente aussi des particularités surprenantes qui n'optimisent pas son fonctionnement. Les photorécepteurs de la rétine sont situés vers l'intérieur de l'œil et les neurones véhiculant l'information forment plusieurs couches qui la recouvrent. La lumière est donc obligée de traverser l'ensemble avant de stimuler les cellules réceptrices ce qui diminue ses performances. Pour aller vers le nerf optique, les prolongements des cellules nerveuses se rassemblent en un point de la rétine où il ne peut pas y avoir de photorécepteurs ce qui forme une tache aveugle, zone où aucune perception n'est possible. Ce problème est toutefois compensé par la vision binoculaire.

- L'œil de la pieuvre, par exemple, ne présente pas ces contraintes. Sa rétine est normale. Ses cellules ne sont pas recouvertes par les neurones et seront donc en contact direct avec la lumière.

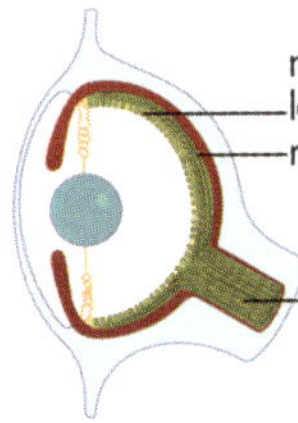

L'œil de la pieuvre

- La conséquence de cette organisation est que les neurones sont derrière la rétine et il n'y aura donc pas de tache aveugle au niveau du nerf optique. Et la lumière n'aura pas à traverser la rétine puisqu'elle n'est pas inversée.

3 LES ÉVOLUTIONS DE LA STRUCTURE DE L'ŒIL

- Les mutations de l'ADN liées au hasard, en subissant la sélection naturelle lorsqu'elles sont avantageuses, sont à l'origine des structures anatomiques plus ou moins complexes formant les êtres vivants. Leur apparition résulte donc d'une longue histoire évolutive ou interviennent aussi adaptations, contingences et compromis.

- On pense qu'à son stade initial de l'œil était constitué de trois couches aplaties de cellules :
– une couche de cellules superficielles transparentes permettant de laisser passer la lumière,
– une couche intermédiaire de cellules photoréceptrices capables de créer
– un message nerveux suite à leur stimulation ;
– une couche de cellules pigmentaires tapissant le fond de l'œil.

- Le creusement de l'œil primitif a été une étape importante dans l'évolution de l'œil. Le sens de ce creusement s'est fait au hasard. Les cellules photoreceptrices dont les axones partent vers l'intérieur chez l'homme ce qui est à l'origine de la tache aveugle, cellules photoreceptrices dont les axones partent directement vers l'extérieur chez la pieuvre.

- Des chercheurs ont estimé que le nombre total de génération nécessaire à l'élaboration de l'œil humain par rapport au stade initial est de 1829 !

Caractères anatomiques hérités de l'histoire évolutive

À revoir
OK

32

1 LES CARACTÉRISTIQUES ANATOMIQUES

● De nombreuses caractéristiques anatomiques présentent des « accidents » d'adaptation s'avérant inutiles ou gênants mais qui sont liés à leur évolution. Ces accidents sont dus à plusieurs contraintes.

a Les contraintes historiques

● Apparu chez un vertébré ancestral dépourvu de cou, le nerf innervant le larynx passait sous la crosse aortique. Avec l'apparition du cou chez certains vertébrés, le cœur s'est éloigné du cerveau. Le nerf n'a pas pu « rebrousser chemin » et a du faire un détour puisque passant toujours sous la crosse aortique. Il atteint ainsi plus de quatre mètres chez certains animaux comme la girafe.

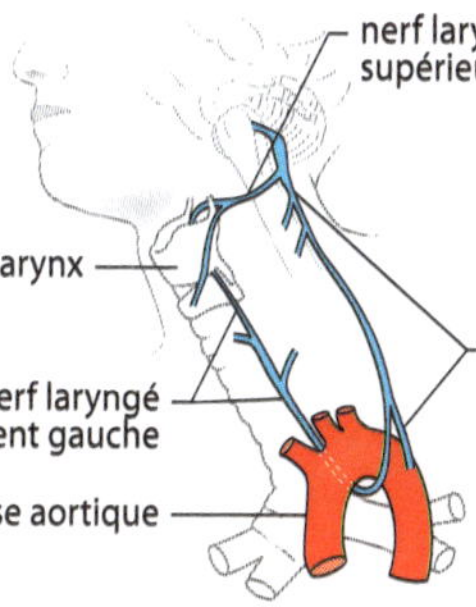

Trajet du nerf laryngé chez l'espèce humaine

● Un autre exemple de mal-adaptation est le croisement des voies respiratoires et digestives qui se fait au niveau du cou et peut être à l'origine de « fausses routes ». Le plus simple aurait été que l'œsophage soit situé devant pour être en lien direct avec la bouche et la trachée derrière pour que l'air passe plus directement du nez vers les poumons. Mais, à l'origine, les premiers poumons n'étaient qu'une invagination du tube digestif permettant aux poissons la possédant de venir respirer ponctuellement en surface en cas de sécheresse. C'est cette solution qui a entrainé des millions d'années plus tard les problèmes de fausse route...

b Les contraintes de construction

Mis en place très tôt lors du développement embryonnaire, les tétons, par exemple, sont présents chez l'homme alors qu'il n'allaite pas.

c Les compromis sélectifs

● Pour marcher, il faut un bassin étroit, mais pour accoucher il doit être large. La largeur du bassin chez la femme est issue de ces deux pressions de sélection opposées et représente un compromis entre ces deux contraintes.

- Chez le chimpanzé, le bassin est beaucoup plus large car il n'a pas été soumis à ce compromis ce qui rend l'accouchement beaucoup plus rapide et facile que chez l'espèce humaine où l'on voit bien que la taille du basin laisse très peu de marge pour le passage de la tête du bébé.

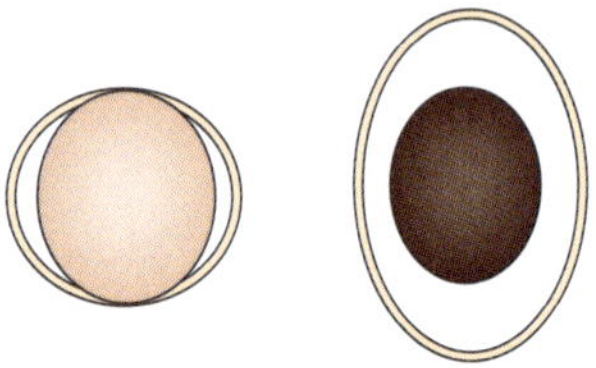

Relation entre la taille du bassin maternel (double trait) et la taille de la tête du bébé chez les humains et le chimpanzé.

d Les régressions en cours

- On constate que la taille de notre mâchoire est en diminution alors que nous possédons toujours 32 dents. Elles ont donc de moins en moins d'espace pour se mettre en place, ce qui pose de nombreux problèmes devant être résolus lorsque cela est possible, par des soins ortho-dentaires. Dans de nombreux pays, ces dents sont arrachées afin de les éviter.

- Environ 20 % de la population ne possèderait pas les quatre dents de sagesse ce qui devient un avantage pour les individus possédant cette spécificité. Il est fort probable que ce caractère subisse au cours du temps la sélection naturelle et qu'il y ait une régression du nombre de dents chez l'Homme qui passerait de 32 à 28.

2 L'HISTOIRE ÉVOLUTIVE

- Chez de nombreuses espèces les relations proies prédateurs ont entrainé des évolutions parallèles entrainant l'apparition de caractères qui utiles à un moment peuvent devenir ensuite inutiles.

- La salamandre Taricha granulosa est capable de produire des toxines très puissantes, les TTX, à des concentrations plus de 100 fois supérieures à la quantité nécessaire pour tuer un homme. Ces concentrations impressionnantes deviennent toutefois inutiles face à son principal prédateur, une couleuvre, qui a développé une résistance aux toxines TTX.

- Certaines théories concernant l'histoire évolutive de caractères sont parfois critiquables et peuvent être l'objet d'une étude épistémologique en philosophie. Par exemple, de nombreuses théories existent pour expliquer le rapport entre les difficultés pour accoucher chez la femme et la largeur de son bassin.

- Les caractères anatomiques peuvent être le résultat de la sélection naturelle mais certains sont mieux expliqués par l'héritage de l'histoire évolutive que par leur fonction.

Une sélection artificielle involontaire et risquée

À revoir
OK

33

1 LA SÉLECTION ARTIFICIELLE PAR L'HOMME

- En exerçant une sélection artificielle sur les espèces qu'il veut éliminer car nocive pour sa santé ou ravageuses de cultures, l'Homme crée des résistances, qui peuvent avoir de graves conséquences.

- Les antibiotiques deviennent de moins en moins efficaces. Ils permettent d'éliminer les bactéries à l'origine de maladies. Utilisés à grande échelle pour soigner l'Homme mais aussi les animaux d'élevages, leur prescription trop importante a entrainé des résistances et ils deviennent de moins en moins efficaces.

- Les bactéries peuvent muter très rapidement au sein d'une même population. Si elles sont soumises à un antibiotique, certaines, dont le hasard des mutations va permettre de développer une résistance, vont subir l'action de la sélection naturelle et survivre. Au cours du temps, l'utilisation régulière d'un même antibiotique va permettre de les sélectionner et provoquer une augmentation de la résistance au sein de la population de bactéries, il deviendra moins efficace et les doses prescrites devront être de plus en plus importantes pour l'obtention d'un résultat identique.

- L'évolution permet de comprendre des phénomènes biologiques ayant une importance médicale. L'évolution rapide des organismes microbiens nécessite d'adapter les stratégies prophylactiques, les vaccins et les antibiotiques. Par exemple, pour optimiser l'efficacité à long terme d'un antibiotique, il faut :
– cibler la bonne maladie : vérifier qu'elle est d'origine bactérienne et non virale ;
– respecter le traitement prescrit par le médecin ;
– utiliser l'antibiotique le mieux adapté ;
– éviter les antibiotiques récemment découverts afin d'augmenter leur durée d'exploitation en retardant la sélection artificielle ;
– éviter d'utiliser les antibiotiques à spectre large.

2 DES INDIVIDUS DE PLUS EN PLUS RÉSISTANTS

- L'utilisation intensive, notamment en agriculture, de produits phytosanitaires permet d'éliminer plantes et ravageurs indésirables, mais elle crée aussi une sélection naturelle des individus les plus résistants.

● Par exemple chez le moustique, si des populations différentes sont exposées à des doses croissantes d'un insecticide, la perméthrine, le taux de mortalité des populations (ici A, B et C) de moustiques sera différent en fonction du traitement appliqué. La population C se situe dans une région infestée de moustique qui a régulièrement été traitée à la perméthrine. La population B est en bordure de cette région. La population A provient d'une zone qui n'a jamais été traitée avec cet insecticide. Les individus de la population C ayant été régulièrement traités ont subi la sélection naturelle. Ceux porteurs d'allèles permettant une meilleure résistance à l'insecticide ont été sélectionnés. Le nombre d'individus résistants va donc augmenter au cours des générations et il faudra donc des doses de plus en plus importantes pour les éliminer.
Moins les populations sont traitées, moins la sélection naturelle s'applique (population A) et plus les doses nécessaires pour être efficaces sont faibles.

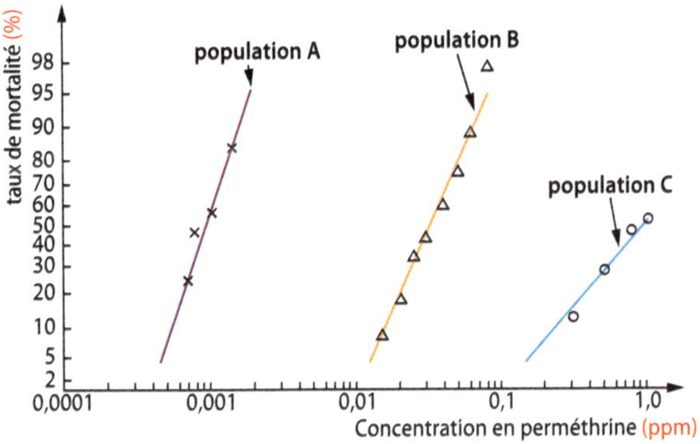

Taux de mortalité de 3 populations A, B et C de moustiques est mesuré en fonction de la dose d'insecticide qu'elles reçoivent

● Ce mécanisme est le même pour les plantes et les ravageurs (insectes, champignons...) vis-à-vis des produits phytosanitaires (herbicides, insecticides...).

● On comprend donc l'intérêt d'utiliser avec parcimonie les produits phytosanitaires. Cette sélection naturelle due à l'humain peut s'exercer de la même manière chez les insectes ravageurs ou les « mauvaises herbe » et toutes les maladies (champignons, bactéries...) que l'on cherche à éliminer des cultures. On parle de sélection artificielle.

● Depuis la révolution agricole, la pratique intensive de la monoculture, la domestication et l'utilisation de produits phytosanitaires ont un impact sur la biodiversité et son évolution en permettant par exemple le développement de ravageurs des cultures qui y sont résistants.

Homo sapiens, un primate apparenté aux grands singes

34

☐ À revoir
☐ OK

1 LES CRITÈRES DE CLASSEMENT DES ESPÈCES

● Les espèces sont classées entre elles en fonction des caractères morpho-anatomiques qu'elles partagent et de leur proximité génétique :
– des innovations évolutives sont à l'origine de l'apparition de caractères morphologiques dérivés qui sont utilisés par les scientifiques, pour ce classement. Plus deux espèces vont avoir de caractères dérivés communs, plus elles seront apparentées et plus leur ancêtre commun sera récent.
– au cours du temps, pour un même gène, suite aux mutations, des différences s'accumulent entre les espèces. Plus les différences sont faibles, plus l'ancêtre commun entre deux espèces est proche.

2 LES ARBRES PHYLOGÉNÉTIQUES

a Les données anatomiques

● Ces données sont utilisées pour élaborer des arbres phylogénétiques permettant de classer les espèces les unes par rapport aux autres. Les données anatomiques sont présentées le plus souvent dans un tableau. La construction de l'arbre est basée sur le partage de caractères dérivés. Deux espèces partageant un même caractère dérivé possèdent un ancêtre commun plus proche.

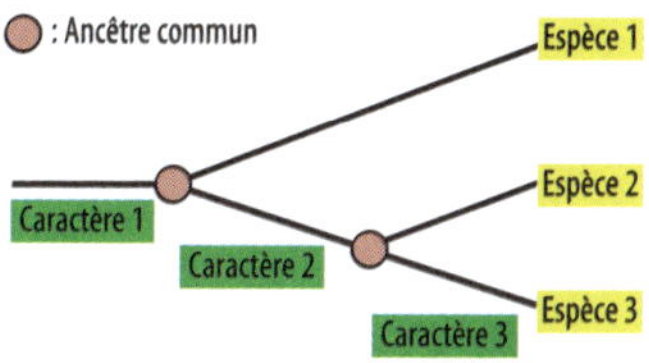

	Espèce A	Espèce B	Espèce C
Caractère 1	État ancestral	État ancestral	État ancestral
Caractère 2	État ancestral	État dérive	État dérivé
Caractère 3	État ancestral	État ancestral	État dérivé

Le tableau de données ci-dessous regroupe des données anatomiques de certains primates dont l'Homme.

	Terminaisons des doigts	Pouce	Queue	Orbites	Narines
Tarsier	Ongles	Opposable	Présente	Ouvertes	Ecartées
Macaque	Ongles	Opposable	Présente	Fermées	Rapprochées

	Terminaisons des doigts	Pouce	Queue	Orbites	Narines
Gorille	Ongles	Opposable	Présente	Fermées	Rapprochées
Chimpanzé	Ongles	Opposable	Présente	Fermées	Rapprochées
Homme	Ongles	Opposable	Présente	Fermées	Rapprochées

Son exploitation permet de tracer leur arbre phylogénétique.

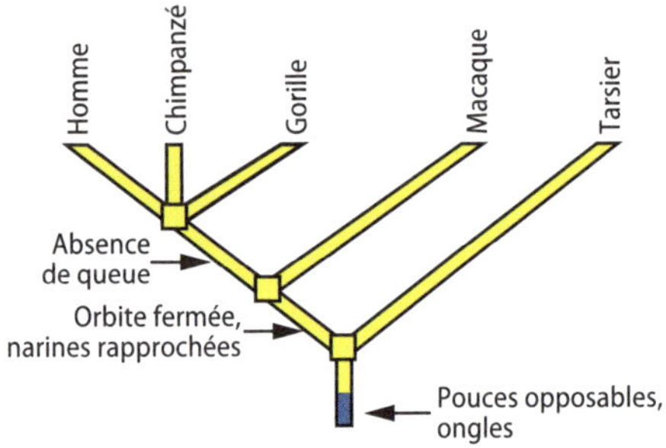

b Les données génétiques

● Si ce sont des données génétiques, la comparaison de séquences d'ADN d'un même gène permet de construire une matrice des distances dans laquelle figurent les différences au niveau de la séquence d'ADN entre les espèces étudiées. Son exploitation permet de tracer l'arbre. Plus deux espèces vont présenter une proximité génétique (forte identité des séquences d'ADN) plus elles seront proches sur l'arbre phylogénétique.

● Au cours du temps, pour un même gène, le nombre de mutations augmentent entre deux espèces. Ainsi, plus ce nombre est important, plus leur ancêtre commun est éloigné.

● Les critères génétiques permettent ici d'affiner la classification. Avec les seuls critères anatomiques nous n'arrivions pas à classer l'Homme, le chimpanzé et le gorille les uns par rapport aux autres, alors que la comparaison de leur ADN le permet. L'arbre obtenu est donc plus précis.

● L'exploitation de ces techniques a permis une classification précise de l'espèce humaine. La présence des caractères dérivés « ongle » et « pouce opposable » permet de positionner l'Homme parmi les primates. La présence d'un coccyx (pas de queue) l'apparente aux grands singes. Les analyses génétiques montrent une similitude de 98,79 % avec le chimpanzé avec qui Homo sapiens partage donc l'ancêtre commun le plus proche (daté entre 8 et 10 millions d'années).

L'histoire de nos origines

À revoir
OK

35

1 LES FOSSILES D'HOMINIDÉS

- Des arguments scientifiques issus de l'analyse comparée de fossiles d'Hominidés permettent de reconstituer l'histoire de la lignée humaine. L'étude des fossiles datés de 3 à 7 millions d'années montre des innovations caractéristiques qui sont des critères d'appartenance à la lignée humaine. Elle regroupe des espèces fossiles (Australopithèques, Homo habilis, Home erectus, Homo neanderthalensis pour les principaux) et l'Homme actuel. La bipédie prolongée, caractérisée par un trou occipital centré, un bassin large et étroit et une colonne vertébrale à plusieurs courbures, est l'un de ces critères.

- Les représentants du genre Homo sont naturellement bipèdes mais, ils possèdent une aptitude à la course contrairement aux représentants plus anciens de la lignée. Leur développement cérébral est plus important, leur mandibule est parabolique, leur face est plus aplatie. Les trois principales espèces sont Homo habilis (2,4 à 1,5 millions d'années), Homo erectus (1,9 à 0,1 million d'années) et Homo sapiens (–300 000 à actuel).

- Le genre humain, même s'il a cohabité dans le passé avec d'autres espèces d'Homo n'est aujourd'hui représenté que par une seule espèce, Homo sapiens.

2 L'AFRIQUE, BERCEAU DE L'HUMANITÉ

- Le berceau de l'homme se situe en Afrique dans un environnement probablement arboricole contrairement à ce que laissait penser la découverte de Lucy au XXe siècle.
En effet, mise à jour en 1974 en Ethiopie au niveau du rift est-africain, Lucy est une Australopithecus afarensis datée de 3,2 millions d'années. Son squelette montre une bipédie certaine, critère d'appartenance à la lignée humaine. Elle est à l'origine de la théorie de l'« East side story » proposée par Yves Coppens l'un de ses découvreurs. À son époque, la formation du rift est-africain crée une barrière contre les précipitations venues de l'ouest et entraîne un changement climatique important. La région devient plus sèche et les forêts humides sont remplacées par une savane. Avantagés par leur bipédie, car ils peuvent voir au-dessus des hautes herbes leurs proies et les prédateurs, les « ancêtres » de l'Homme s'y développent contrairement aux ancêtres des grands singes qui évoluent de manière indépendantes à l'ouest de l'Afrique.

3 LES NOUVELLES DÉCOUVERTES

- On considère donc la savane de l'est africain comme le berceau de la lignée humaine. Cette théorie est confortée par le fait qu'au XXe siècle, la quasi-totalité des fossiles d'australopithèques trouvés est mise à jour à l'est du rift.

- Néanmoins, la découverte au XXIe siècle, de fossiles tels qu'Orrorin en dehors du rift est-africain met à mal ces arguments. Cette théorie, encore enseignée il y a une dizaine d'année, n'est donc plus d'actualité !

- La reconstitution de l'histoire de l'évolution de l'Homme est donc délicate car continuellement remise en cause par de nouvelles découvertes.

- C'est le cas, par exemple, des fossiles d'Australopithecus sediba qui présente des caractéristiques d'Australopithèque mais aussi d'Homo : dents de petites taille, bassin large...) et d'Homo naledi qui présente des caractéristiques d'Homo mais aussi d'Australopithèque (petit cerveau de 500 cm^3, articulation de la hanche d'Australopithèque...), découverts en 2008 et 2013 en Afrique du sud.

Crâne d'*Australopithecus sediba*

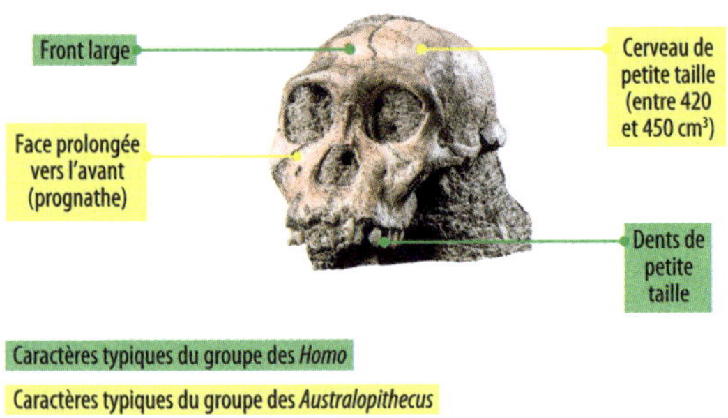

Australopithecus sediba (1,9 Ma) montre certains caractères primitifs, mais aussi d'autres plus évolués que chez Lucy.

- La paléoanthropologie est la science qui, à travers l'étude des fossiles, a permis de reconstruire l'histoire de la lignée humaine.

Notre histoire récente

☐ À revoir
☐ OK

36

1 LE GENRE HOMO

- Homo sapiens est le seul représentant actuel du genre Homo, mais il a cohabité avec deux autre espèces : les Néandertaliens (– 130 000 à – 40 000 ans) en Europe et dans la partie ouest de l'Asie, les Dénisoviens (? à – 40 000ans) dans la partie est de l'Asie.

- La possibilité d'extraire et d'analyser de l'ADN de ces fossiles récents (Homo denisovensis dont on ne connait qu'une molaire et une phalange doit sa découverte et son classement à cette seule analyse) a permis la construction de leur arbre phylogénétique.

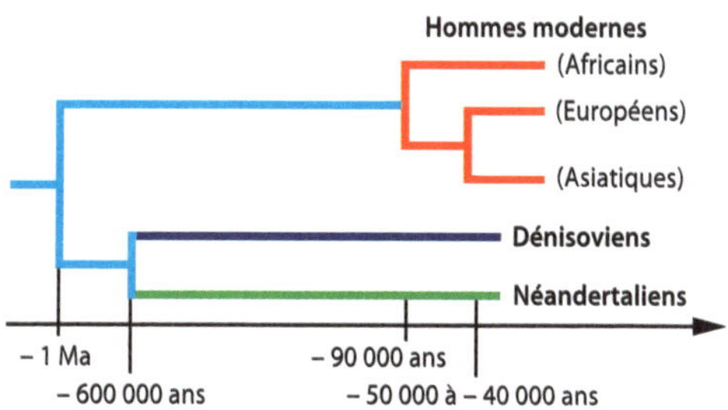

Arbre phylogénétique des représentants les plus récents du genre Homo, construit à partir de la comparaison de leur génome

- Le genre Homo Erectus est apparu en Afrique il y a 2 millions d'années. Il y a 600 000 ans certains de ses descendants quittent l'Afrique et colonisent l'Europe et l'Asie. Selon certains chercheurs, 100 000 à 150 000 années plus tard leurs descendants forment les Néanderthaliens en Europe et au Moyen Orient et les Dénisoviens en Asie. En Afrique, le genre Homo continue son évolution et les premiers Homo Sapiens apparaissent il y a 300 000 ans. Il y a 60 000 ans, Homo Sapiens quitte l'Afrique pour coloniser l'Europe et l'Asie où ils sont amenés à rencontrer Néanderthalien et Dénisovien au moins jusque 40 000 ans. Puis Homo Sapiens colonisent l'ensemble du monde et en parallèle Néanderthaliens et Dénisoviens disparaissent.

- Des caractères non génétiques sont aussi utilisés pour réaliser notre phylogénie : fabrications d'outils, apparition de l'art et du langage, étude du microbiote…

- Le microbiote représente l'ensemble des bactéries intestinales, des muqueues et de la peau de notre corps. Il constitue un véritable écosystème indispensable au bon fonctionnement immunitaire et digestif de notre organisme

2 NÉANDERTALIENS, DÉNISOVIENS ET SAPIENS

- L'étude des microbiotes, des habitudes alimentaires associées et des comportements appris (langage, art, rites funéraires, outils) montrent que Néandertaliens, Dénisoviens et Sapiens ont cohabité durant plusieurs milliers d'années.
- Des études génétiques ont montré qu'un métissage entre ces espèces à probablement eu lieu entre ces différents groupes d'Homo. L'analyse de l'ADN d'hommes actuels montre ainsi la présence d'ADN d'origine néandertalienne et dénisoviennes.
- Les causes de la disparition des Néanderthaliens et Dénosiviens restent encore inconnues mais sont probablement multiples : conflits avec Sapiens, famines, maladies, changement climatique...
- Une grande capacité à coopérer et l'invention d'armes de jet efficaces ont peut-être permis à Homo sapiens de s'imposer face aux autres espèces.

3 REPÈRES TEMPORELS

- Quelques repères dans l'histoire de l'évolution de l'Homme :
  - – 2 300 000 d'années : premiers outils = galets aménagés (galet taillé archaïquement sur une seule face)
  - – 1 000 000 d'années : bifaces = outil de pierre, souvent un silex, taillé sur les deux faces
  - – 750 000 années : premières habitations
  - – 500 000 années environ : usage du feu
  - – 100 000 années : utilisations d'éclats pour fabriquer des outils plus fins et spécialisés
  - – 35 000 à -5 000 années : outils fins et précis = grattoirs, pointe de flèches, couteaux, haches polies...
  - – 35 000 années : premières peintures
  - – 9 000 années : pratique de l'élevage
  - – 6 000 années : premières céramiques
- Les paléontologues ont construit un récit de nos origines proches à partir de l'étude anatomique des fossiles mais aussi, lorsque cela est possible de leur ADN et de caractères non transmis génétiquement.

Démographie et modélisation mathématique

À revoir
OK

37

1 ÉTUDE DES POPULATIONS

a La démographie

La **démographie** (du grec *demos* qui signifie *peuple*, et *graphein* qui signifie *écrire, décrire*) est l'étude de la dynamique des populations, de leurs effectifs, de leurs compositions, de leurs mouvements, souvent dans le but de prédire leur évolution.

b Quelques caractéristiques d'une population

- Pour étudier l'évolution d'une population, on peut observer :
  – son taux de **variation global** ;
  – son **taux de natalité**, c'est-à-dire le rapport entre le nombre annuel de naissances et la population totale moyenne sur cette même année ;
  – son **taux de mortalité**, c'est-à-dire le rapport entre le nombre annuel de décès et la population totale moyenne sur cette même année.
- Les taux de natalité et de mortalité sont souvent exprimés en pour mille (ce qui se note ‰).

2 MODÈLES DÉMOGRAPHIQUES DISCRETS

a Modèles mathématiques

- Un **modèle mathématique** est une relation mathématique reliant deux grandeurs (ou plus) qui permet de rendre compte de l'évolution de l'une en fonction de l'autre, qui est souvent le temps.
- Lorsque l'évolution d'un phénomène est étudiée **par paliers**, à intervalles de temps (réguliers) plutôt que de manière continue sur tout un intervalle, on parle de **modèle discret**.

b Cas des modèles démographiques

- Un modèle démographique est une **fonction numérique reliant l'effectif d'une population au temps**.
- On considère ici des modèles discrets : on évalue l'effectif d'une population donnée à intervalle de temps réguliers.
- En mathématiques, ces modèles sont des exemples de **suites**, c'est-à-dire des fonctions définies sur l'ensemble des entiers naturels.

- L'image de l'entier n par la suite u est noté $u(n)$ ou encore u_n. On dit que $u(n)$ est le terme de rang n (ou d'indice n) de la suite u.
- On appelle variation absolue de la suite u la différence $u(n+1)-u(n)$.
- On appelle variation relative, ou taux d'accroissement, ou encore taux de variation de la suite u le quotient $\dfrac{u(n+1)-u(n)}{u(n)}$.
- Pour représenter graphiquement l'évolution d'une population ou un modèle démographique, on peut placer dans un repère du plan les points de coordonnées $(n\ ;\ u(n))$. Ces points forment alors un nuage de points dont la forme donne une première indication sur l'évolution de la population.

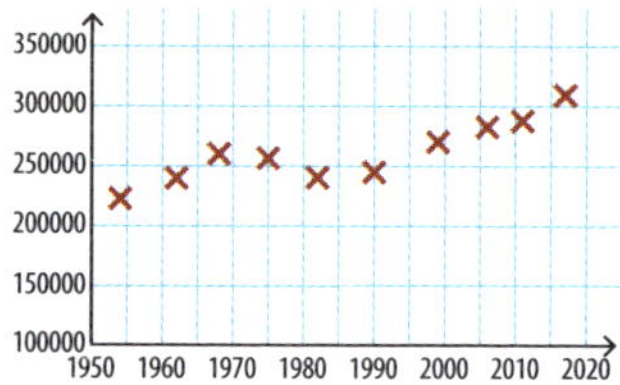

Exemple de représentation par un nuage de points de la population nantaise de 1954 à 2017.

- Un modèle démographique n'est valable que sur une certaine période et rarement à long terme. On parle de domaine de validité.
- En 2020, la population humaine comptait un peu plus de 7,5 milliards d'individus. Des modèles démographiques récents prévoient que la population mondiale atteindra environ 10 milliards d'humains en 2050.
- Ces prévisions, même incertaines, jouent un rôle fondamental pour des questions d'ordres économiques, humanitaires ou sanitaires comme la gestion des ressources naturelles, alimentaires ou en eau potable.

3 FORMULES SUR LES TAUX D'ÉVOLUTION

- Le taux d'évolution d'une quantité initiale y_1 à une quantité finale y_2 est donné par : $t = \dfrac{y_2 - y_1}{y_1}$. On l'exprime souvent en pourcentage.
- Augmenter une quantité de t % revient à la multiplier par $1 + t$ %. Diminuer une quantité de t % revient à la multiplier par $1 - t$ %.
- La quantité par laquelle on multiplie une valeur initiale y_1 pour trouver une valeur finale y_2 est appelée coefficient multiplicateur. Par exemple, le coefficient multiplicateur associé à une hausse de 2 % est égal à 1,02 et celui associé à une baisse de 3 % est 0,97.
- Dans le cadre d'une étude démographique, on a la relation $t = t_n - t_m$ où t est le taux d'évolution annuel, t_n le taux de natalité et t_m le taux de mortalité (on ne tient pas compte des migrations).

Modèle de croissance linéaire

À revoir
OK

38

1 SUITES ARITHMÉTIQUES, MODÈLE LINÉAIRE

a Description mathématique

- Une suite u est arithmétique si sa variation absolue $u(n+1)-u(n)$ est constante pour tout entier naturel n.

- La valeur constante de la variation absolue entre deux paliers consécutifs est la raison r de la suite.
Ainsi, on a : $u(n+1)=u(n)+r$ pour tout entier naturel n.

- Si u est une suite arithmétique de raison r, alors on a, pour tout entier naturel n, $u(n)=u(0)+nr$.

- Dans ce cas, les points de coordonnées $(n\ ;\ u(n))$ sont alignés sur une droite d'équation $y=u(0)+rx$.

- Dans la réalité, on utilise ce modèle pour une population dont la variation absolue observée est presque constante. On peut alors ajuster le nuage de points représentant l'évolution de cette population par une droite. On parle alors de modèle linéaire.

b Cas d'utilisation fréquents

- Le modèle linéaire est inadapté pour représenter l'évolution d'une grandeur dont la variation absolue change trop fortement.

- Ce modèle est souvent peu adapté pour représenter l'évolution d'une population, sauf sur un domaine de validité plutôt court.

- Le modèle linéaire peut s'avérer réaliste pour l'évolution de certaines ressources, notamment alimentaires.

2 EXPLOITATION D'UN MODÈLE LINÉAIRE

- Le tableau ci-dessous donne la production de patates douces du Gabon en tonnes.

Année	2010	2011	2012	2013	2014	2015	2016	2017	2018
Production	3219	3345	3500	3700	3907	3816	3963	4097	4215

On peut représenter ces données sous la forme d'un nuage de points.

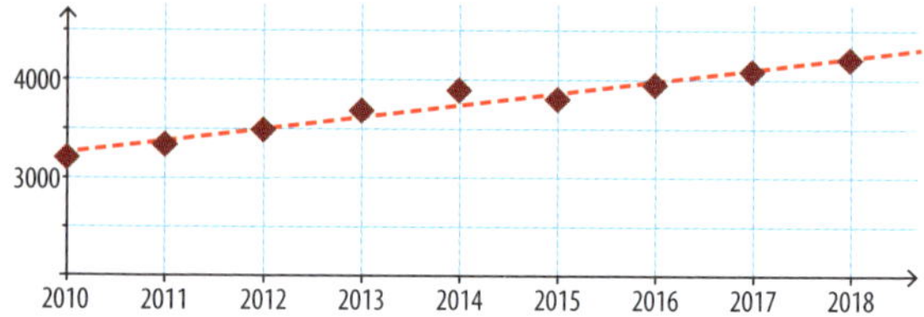

Production de patate douce au Gabon, en tonnes.

Les points semblent presque alignés donc on peut décrire la situation à l'aide d'un modèle linéaire, c'est-à-dire d'une suite arithmétique u.

- On a figuré en rouge sur le graphique une droite d'ajustement. On peut obtenir une équation d'une droite d'ajustement à l'aide de la calculatrice.
– Sur Casio : On saisit les données dans le menu STAT, on appuie sur CALC, on procède aux réglages si besoin dans SET, puis on appuie sur REG, X, et ax+b.
– Sur TI : On appuie sur stats, EDIT, Modifier... puis on saisit les données. On appuie ensuite sur stats, CALC, RégLin(ax+b) et on effectue les réglages si besoin.
On trouve alors comme équation $y = 121{,}37x - 240\ 681$.

- Si on choisit de décrire la situation par une suite arithmétique u où $u(0)$ donne la production en tonnes en 2010, $u(1)$ celle de 2011, etc. alors on a $u(0) = 131{,}37 \times 2010 - 240\ 681 = 3\ 272{,}7$ et $r = 121{,}37$.
On a donc $u(n) = 3\ 272{,}7 + 121{,}37n$.

- Ce modèle permet de faire des prévisions : la production de patates douces au Gabon en 2030 (soit 2010 + 20) sera d'environ : $u(20) = 3372{,}7 + 121{,}37 \times 30 \approx 5\ 700$ tonnes.

- Remarque : on peut aussi choisir de travailler avec le rang de l'année depuis l'année de départ de l'étude (ici 2010) pour construire le nuage de points et déterminer l'équation réduite d'une droite d'ajustement.

- On peut estimer l'année à partir de laquelle la production de patate douce dépassera un certain seuil. Par exemple, pour déterminer en quelle année la production dépassera les 6000 tonnes, on résout l'équation : $3\ 272{,}7 + 121{,}37n = 6\ 000$.
On trouve alors $121{,}37n = 2\ 727{,}3$ puis $n \approx 22,\ 47$.
Il faut donc attendre au moins 23 ans, soit 2033.

UNE HISTOIRE DU VIVANT

Modèle de croissance exponentielle

À revoir
OK

39

1 SUITES GÉOMÉTRIQUES, MODÈLE EXPONENTIEL

a Description mathématique

- Une suite u est dite géométrique si le quotient $\frac{u(n+1)}{u(n)}$ est constant pour tout entier naturel n. Ce quotient q est la raison de la suite.

- Dans ce cas, on a $u(n+1) = u(n) \times q$ pour tout entier naturel n. On en déduit aussi que $u(n) = u(0) \times q^n$ pour tout entier naturel n.

- On dit qu'une suite géométrique u varie de manière exponentielle. Sa variation absolue $u(n+1) - u(n)$ est proportionnelle à sa valeur courante $u(n)$. Sa variation relative $t = \frac{u(n+1) - u(n)}{u(n)}$ est constante. Si on note q sa raison, on a : $q = 1 + t$.

b Le modèle de Malthus

- Le modèle démographique de Malthus est un modèle exponentiel. Selon ce modèle, la population finit par s'éteindre si le taux de mortalité t_m est supérieur au taux de natalité t_n et croît vers l'infini si le taux de natalité est supérieur au taux de mortalité.

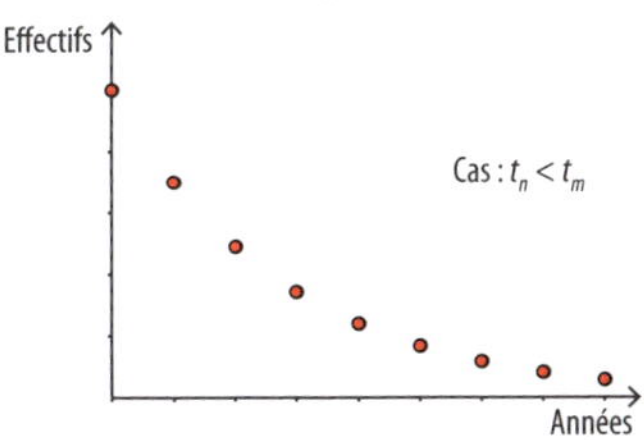

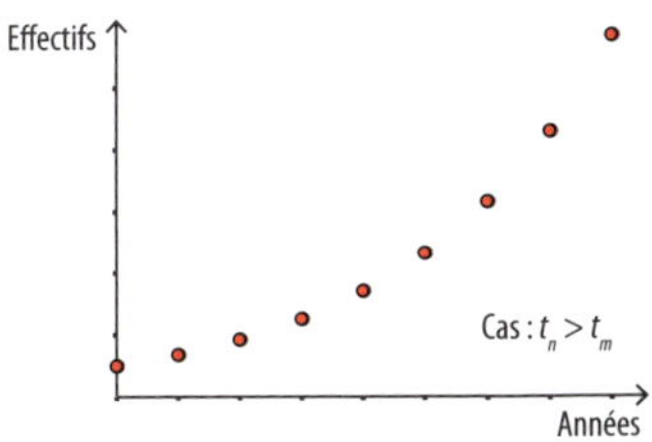

- Ce modèle a été décrit pour la première fois par Thomas Malthus (1766-1834) en 1798 dans son *Essai sur le principe de la population*. Dans ce texte, il émet aussi l'hypothèse d'une croissance arithmétique des ressources ce qui aboutirait à des pénuries et nécessite donc la recherche de solutions.

- Ce modèle est souvent efficace sur une échelle de temps courte mais s'avère faux sur le long terme car beaucoup d'autres paramètres entrent en jeu (limitation des ressources, conditions sanitaires, conflits, etc.)

- À titre d'exemple, d'autres mathématiciens comme Pierre-François Verhulst (1804-1849) ont proposé des modèles présentant un comportement exponentiel au début puis un plafonnement de la population.

2 EXPLOITATION D'UN MODÈLE EXPONENTIEL

- Le graphique ci-dessous indique l'évolution de la population du Nigeria depuis 1960 en millions d'habitants sous forme de nuage de points. On admet que l'effectif de la population était de 45,1 millions en 1960 et 204,4 millions en 2020.

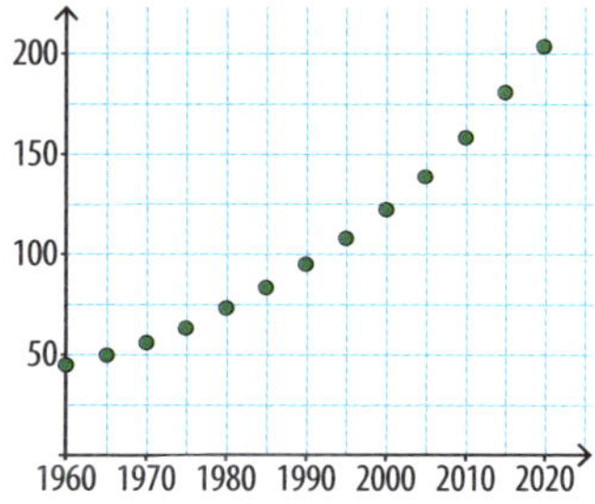

- Les points ne sont pas alignés et la variation absolue est de plus en plus forte. On peut donc penser à un modèle exponentiel.

On note $u(n)$ la population du Nigéria en $1\,960+n$ en millions d'habitants. On a $u(0)=45{,}1$ et $u(60)=204{,}4$.

On suppose que cette suite est géométrique de raison q.

On a $u(60)=u(0)\times q^{60}$ donc $q^{60}=\dfrac{u(60)}{u(0)}=\dfrac{204{,}4}{45{,}1}$.

Ainsi, on a : $q=\sqrt[60]{\dfrac{204{,}4}{45{,}1}}=\left(\dfrac{204{,}4}{45{,}1}\right)^{\frac{1}{60}}\approx 1{,}025\,5$.

- On peut déterminer le temps de doublement de la population à l'aide de ce modèle. On cherche le plus petit entier n tel que $u(n)$ soit supérieur au double de $u(60)$, soit environ 408,8.

On peut dresser un tableau de valeurs à la calculatrice en saisissant l'expression $Y=45.1\times 1.0255^x$ ou bien mener une recherche par tâtonnements. On trouve alors $u(87)\approx 403{,}3$ et $u(88)\approx 413{,}5$.

Selon ce modèle, la population aura doublé en 88 ans par rapport à son effectif de 1960, soit en $1960+88=2048$. Le temps de doublement est de 28 ans et ne dépend pas de la population initiale.

Machines et programmes

☐ À revoir
☐ OK

40

1 APERÇU HISTORIQUE

- Les origines de l'informatique sont anciennes. Dès la fin du XVIIe siècle, le philosophe et mathématicien Gottfried Leibniz défend l'existence d'une langue formelle universelle permettant de transcrire tous les discours rationnels et tente d'imaginer des machines pouvant résoudre des problèmes de façon mécanisée. Après Blaise Pascal en 1642, il conçoit aussi une machine à calculer en 1673.
- Jusqu'au début du XXe siècle, les machines construites permettent de traiter des tâches prédéterminées. Par exemple, Joseph Marie Jacquard crée un métier à tisser configurable en 1801 : cette machine permet de produire des tissus présentant des motifs complexes en suivant les instructions codées sur des cartes perforées.
- On considère souvent que c'est à Ada Lovelace (1815-1852), une mathématicienne britannique, que l'on doit le premier véritable programme informatique. Il était destiné à la *machine analytique* conçue par Charles Babbage, mais qui ne fut jamais construite de son vivant.
- En 1936, Alan Turing (1912-1954) est le premier à proposer un concept de machine universelle. Cette machine est dotée d'une mémoire.
- Les idées de Charles Babbage et surtout d'Alan Turing sont mises en œuvre par John Von Neumann en 1945.

Biographie

Alan Turing est un mathématicien britannique, pionnier de l'informatique, qui est aussi connu pour avoir joué un rôle majeur dans le déchiffrement des transmissions codées nazies contribuant ainsi à raccourcir la seconde guerre mondiale. Condamné à suivre un traitement chimique en raison de son homosexualité, il se suicide par empoisonnement. Il a été réhabilité par la reine Elisabeth II en 2013.

2 TRAITEMENT DE L'INFORMATION

a Architecture d'un ordinateur et données informatiques

- L'organisation générale d'un ordinateur, connue sous le nom d'architecture de Von Neumann, n'a pas changé depuis la fin des années 1940. Elle est composée d'un processeur et d'une mémoire.

- Les fichiers de données informatiques permettent de stocker des informations après un processus de numérisation. Ils sont de différents types et peuvent être reconnus à leur extension (.doc, .odt ou .txt pour du texte, .mp3 ou .wav pour du son, .jpg ou .png pour des images, .avi ou .mov pour des vidéos, etc.).
- Un programme décrit des calculs à effectuer sur des données. Il est codé dans la mémoire au même titre que les autres données.
- Les programmes peuvent être transformés en fichiers exécutables. L'extension d'un fichier exécutable peut différer suivant le système d'exploitation (.exe ou .app par exemple).
- Le chargement d'un fichier exécutable entraîne la création d'un processus dans le système d'exploitation et l'exécution du programme.
- La mémoire est composée de milliards de dispositifs électroniques permettant de maintenir deux états (souvent représentés par 0 ou 1). Cette unité de mémoire à deux états est un bit.
- Un octet est un mot de 8 bits. Chaque bit pouvant prendre deux valeurs, un octet permet de coder $2^8 = 256$ valeurs différentes.
- Lorsque un texte est écrit en ASCII non compressé, chaque caractère (lettres, espaces, ponctuation...) est stocké sur un octet de mémoire. La taille du fichier (en octets) est donc égale dans ce cas au nombre de caractères.

Unité	Valeur en octets	Ordre de grandeur approximatif
Ko : kilooctet	1 000	fichier texte
Mo : mégaoctet	1 000 000	fichier image
Go : gigaoctet	1 000 000 000	fichier vidéo
To : téraoctet	10^{12}	Capacité d'un disque dur
Po : pétaoctet	10^{15}	

b Correction des programmes

- Un programme informatique peut être constitué de milliers, voire de millions de lignes de codes. Les programmes peuvent donc présenter des erreurs appelées bogues (ou bugs).
- Les bugs peuvent être de natures différentes, de la faute de frappe à l'erreur de conception souvent plus difficile à déceler car elle ne dépend pas de la traduction de l'algorithme en programme.
- Pour éviter les bugs dans un programme donné, on peut utiliser un jeu de données d'entrée permettant d'en tester toutes les lignes.

L'intelligence artificielle

À revoir
OK

41

1 DÉFINITION ET ENJEUX DE L'IA

- D'après Yann Le Cun (prix Turing 2019), l'**intelligence artificielle** est un ensemble de techniques permettant à des machines d'accomplir des tâches et de résoudre des problèmes normalement réservés aux humains et à certains animaux.

- L'intelligence artificielle peut viser à reproduire des activités humaines comme :
  – reconnaître ou localiser un objet dans une image,
  – jouer à un jeu de stratégie,
  – conduire une voiture,
  – traduire des textes,
  – établir un diagnostic,
  – prévoir des comportements de consommateurs, etc.

- Attention, aucun ordinateur ne peut pour autant être qualifié de machine « intelligente ». La machine ne fait que suivre des instructions décrites par un ou des êtres humains.

- Les techniques mises en œuvre dans le cadre de l'intelligence artificielle s'appuient souvent sur un très grand nombre de données d'entraînement.

- L'intelligence artificielle suscite de nombreuses questions éthiques sur plusieurs points :
  – la possession et le traitement de nombreuses données personnelles par des entreprises ou des États ;
  – les questions de responsabilité lors d'une erreur, dans le cadre d'un diagnostic médical par exemple (revient-elle aux concepteurs de l'IA ou au médecin qui l'utilise ?) ;
  – la résolution de dilemmes, par exemple dans le cadre de la sécurité routière pour les voitures autonomes, etc.

2 APPRENTISSAGE AUTOMATIQUE

a Principe global de l'apprentissage automatique

- L'**apprentissage automatique** est une branche commune de l'IA et des statistiques. Il consiste en des programmes capables d'ajuster leur comportement à des données d'entraînement.

● Par exemple, pour apprendre à une machine à reconnaître une image de chat, on lui fournit un grand nombre d'images en lui indiquant si elles représentent un chat ou non : c'est la phase d'apprentissage. Les méthodes mathématiques utilisées permettent alors de détecter des tendances (des corrélations ou des similarités).

● Une fois la machine entraînée, on lui demande si une nouvelle image est celle d'un chat ou non : c'est la phase d'inférence.

L'apprentissage supervisé

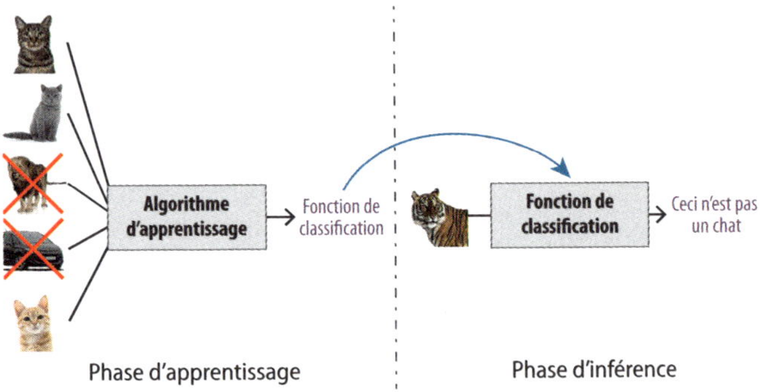

● Là où moins d'une dizaine d'images suffisent à un enfant pour effectuer cette tâche, il en faut plusieurs milliers pour une machine.

● L'apprentissage automatique nécessite le traitement de très grandes quantités de données ; c'est ce qu'on appelle le big data.

b Qualité des données utilisées

● Les jeux de données utilisés peuvent contenir des biais, c'est-à-dire des tendances ou défauts systématiques qui rendent les données utilisées moins représentatives que ce que l'on pense.

● Les biais peuvent être dus au choix de l'échantillon ou à la façon de collecter des données.

● La qualité et la représentativité des données d'entraînement est essentielle car un biais dans les données va entraîner une erreur systématique dans les prédictions et se retrouver ainsi amplifié.

● L'existence de biais pose des questions d'ordre éthique. Les réponses données par une intelligence artificielle peuvent par exemple paraître racistes ou sexistes dans certains contextes sans qu'il n'y ait eu de telles intentions de la part de ses créateurs. Diversifier les profils des créateurs et créatrices d'IA peut aider à palier cette difficulté.

L'inférence bayésienne

☐ À revoir
☐ OK

42

1 DÉFINITION ET PRINCIPE

- L'**inférence bayésienne** est une méthode de calcul des probabilités des causes à partir des probabilités de leurs effets. Elle est utilisée en apprentissage automatique pour détecter des anomalies à partir d'un test imparfait. Cela peut s'avérer utile dans la détection de spams ou l'établissement d'un diagnostic médical par exemple.
- Dans le cas d'un test médical, on souhaite que le test soit positif pour une personne malade et négatif pour une personne saine.
- On appelle **sensibilité** du test la probabilité S_e qu'une personne malade réagisse positivement au test.
- On appelle **spécificité** du test la probabilité S_p qu'une personne non malade réagisse négativement au test.
- La **valeur prédictive positive** d'un test dans une population donnée est la probabilité **VPP** qu'un individu de cette population qui réagit positivement au test soit effectivement malade.
- La valeur prédictive positive d'un test ne dépend pas que de sa sensibilité et de sa spécificité mais aussi de la proportion de malades dans la population.
- On a la **formule de Bayes** :

$$\text{VPP} = \frac{pS_e}{pS_e + (1-p)(1-S_p)}$$

où p est la probabilité qu'une personne de la population soit malade.

- La **valeur prédictive négative** d'un test dans une population donnée est la probabilité VPN qu'un individu de cette population qui réagit négativement au test soit effectivement sain.

– Un **vrai positif** est un sujet de l'échantillon qui est malade et qui réagit positivement au test.
– Un **faux positif** est un sujet de l'échantillon qui n'est pas malade et qui réagit positivement au test.
– Un **vrai négatif** est un sujet de l'échantillon qui n'est pas malade et qui réagit négativement au test.
– Un **faux négatif** est un sujet de l'échantillon qui est malade et qui réagit négativement au test.

2 UTILISATION D'UN TABLEAU DE CONTINGENCE

- On considère ici un test permettant de détecter les porteurs du VIH. On sait que :
– sur 10 000 patients infectés, 9 803 ont un test positif ;
– sur 100 000 personnes non infectées, 260 on un test positif.
– au Lesotho, la proportion de porteurs du VIH est de 25 %.

- La sensibilité de ce test est : $S_e = \dfrac{9\ 803}{10\ 000} = 98{,}03\ \%$.

- Sur 100 000 personnes non infectées, 260 ont un test positif donc 99 740 ont un test négatif.

La spécificité de ce test est : $S_p = \dfrac{99\ 740}{100\ 000} = 99{,}74\ \%$.

- On peut représenter ces informations sous forme d'un tableau de contingence. On peut fixer arbitrairement la valeur de la population totale pour effectuer les calculs (ici, à 1 000 000).

	Test positif	**Test négatif**	**Total**
Malades	245 075	4 925	250 000 (b)
Non malades	1 950	748 050	750 000 (c)
Total	247 025	752 975	1 000 000

On complète les différentes cases du tableau à l'aide des données dont on dispose :
– la proportion p de malades permet de compléter les cases (b) puis (c) ;
– Le nombre de vrais positifs est donné par : $250\ 000 \times S_e = 245\ 075$.
– On en déduit le nombre de faux négatifs : $250\ 000 - 245\ 075 = 4\ 925$.
– Le nombre de vrais négatifs est donné par : $750\ 000 \times S_p = 748\ 050$.
– On en déduit le nombre de faux positifs : $750\ 000 - 748\ 050 = 1\ 950$.
– On obtient finalement le nombre de tests positifs et négatifs.

- La valeur prédictive positive du test est : $\text{VPP} = \dfrac{245\ 075}{247\ 025} \approx 99{,}21\ \%$.

On retrouve cette valeur avec la formule de Bayes :

$$\text{VPP} = \frac{0{,}25 \times 0{,}9803}{0{,}25 \times 0{,}9803 + (1 - 0{,}25)(1 - 0{,}9974)} \approx 99{,}21\ \%$$

- Si on considère un pays où la proportion de porteurs du VIH n'est que de 0,6 %, on trouve une VPP d'environ 69,5 %.

43 Carte mentale

Une histoire du vivant

La biodiversité et son évolution

- Évaluation de la biodiversité grâce à l'échantillonnage
- Population stable : équilibre d'Hardy-Weinberg
- Modification de ces équilibres à cause de mutations, dérive génétique...
- La pollution et la surexploitation entraîne la disparition d'écosystèmes

L'évolution, grille de lecture du monde

Hasard et sélection naturelle provoquent :

- des adaptations évolutives
- des accidents d'adaptation : (contraintes historiques, compromis sélectif, régression en cours)

L'évolution humaine

- L'Homme est un grand singe parmi les primates.
- L'Homme est un Homo (aptitude à la course, gros cerveau, aplatissement de la face...)

L'intelligence artificielle

- Pensée algorithmique et automatisation du traitement de l'information
- Données d'entraînement
- Risque de biais, limite de la représentativité

Test et inférence bayésienne — Estimations et courbes de tendance → Questions éthiques

Les modèles démographiques

- Modèle linéaire : variation absolue constante et ajustement linéaire
- Modèle exponentielle : variation relative constante

Mots-clés

Adaptation évolutive : structure biologique en adéquation avec la fonction qu'elle réalise et apparue sous l'effet de la sélection naturelle.

Arbre phylogénétique : arbre montrant les relations de parenté entre espèces. Il peut être construit à partir de données morpho-anatomiques ou de la comparaison de séquences d'ADN.

Biais : tendance ou défaut présent dans un ensemble de données non représentatif et entraînant des erreurs de prédiction.

Compromis sélectif : le fait que certains caractères soient soumis en même temps à des pressions de sélection antagonistes.

Contrainte évolutive : mécanisme qui limite les possibilités d'évolution. Elles peuvent être historiques ou de construction.

Droite de régression : droite permettant d'approcher au mieux un nuage de points dont les points semblent alignés. On parle alors d'ajustement linéaire.

Équilibre de Hardy-Weinberg : équilibre théorique de la structure génétique d'une population de taille infinie où tous les individus se reproduisent aléatoirement et qui ne subit aucune force évolutive.

Intelligence artificielle : ensemble de techniques permettant à des machines d'accomplir des tâches et de résoudre des problèmes normalement réservés aux humains.

Intervalle de confiance : intervalle de valeurs contenant la fréquence ou la proportion recherchée, pour un niveau de confiance donnée.

Modèle exponentiel : modèle (démographique) dans lequel la variation relative est constante. On parle aussi de suite géométrique, chaque terme s'obtient en multipliant toujours le précédent par la même raison (ex : le modèle de Malthus).

Modèle linéaire : modèle (démographique) dans lequel la variation absolue est constante. On parle aussi de suite arithmétique, chaque terme s'obtient en ajoutant toujours au précédent la même raison.

Primates : groupe de mammifères présentant un certain nombre d'états dérivés en commun (pouces opposables, ongles).

Tableau de contingence : tableau d'effectifs présentant simultanément deux caractères observés sur une même population.

UNE HISTOIRE DU VIVANT

1 Dans les conditions de l'application de la loi de Hardy et Weinberg, si p est la fréquence de l'allèle A et q est la fréquence de l'allèle B... :

- ▢ **a.** la fréquence des homozygotes AA est q^2.
- ▢ **b.** la fréquence des homozygotes AA est pq.
- ▢ **c.** la fréquence des homozygotes AA est p^2.

2 La présence de tétons chez l'homme est :

- ▢ **a.** Un compromis sélectif.
- ▢ **b.** Une contrainte de construction.
- ▢ **c.** Une régression en cours.

3 La résistance d'une bactérie à un antibiotique... :

- ▢ **a.** est due au hasard.
- ▢ **b.** est due à la sélection naturelle d'une mutation favorable.
- ▢ **c.** est due à une mutation provoquée par l'antibiotique.

4 Homo sapiens... :

- ▢ **a.** est le seul représentant du genre Homo.
- ▢ **b.** appartient au genre Homo car il possède une aptitude à la course, un développement cérébral important et une mâchoire en V.
- ▢ **c.** est apparenté aux grands singes car il ne possède pas de coccyx.

5 La probabilité qu'une personne malade réagisse positivement à un test médical est :

- ▢ **a.** La sensibilité du test. ▢ **b.** La fiabilité du test.
- ▢ **c.** La valeur prédictive positive du test.

6 Le seul facteur qui n'intervient pas sur la valeur prédictive positive d'un test médical est :

- ▢ **a.** Sa sensibilité. ▢ **b.** Sa spécificité.
- ▢ **c.** La taille de la population.

7 Parmi les affirmations suivantes, laquelle est fausse ?

- ▢ **a.** Un modèle exponentiel décrit une hausse spectaculaire.
- ▢ **b.** On peut appliquer un modèle exponentiel si la variation relative est quasiment constante.
- ▢ **c.** Le modèle de Malthus est un modèle exponentiel.

Corrigés au verso

Corrigés

1 Dans les conditions de l'application de la loi de Hardy et Weinberg, si p est la fréquence de l'allèle A et q est la fréquence de l'allèle B... :

> c. la fréquence des homozygotes AA est p^2.

Voir **Fiche 29**

2 La présence de tétons chez l'homme est :

> b. Une contrainte de construction. Ils sont mis en place très tôt lors du développement embryonnaire, alors que l'homme n'allaite pas.

Voir **Fiche 32**

3 La résistance d'une bactérie à un antibiotique... :

> b. est due à la sélection naturelle d'une mutation favorable. L'utilisation régulière d'un même antibiotique va provoquer une augmentation de la résistance au sein de la population de bactéries.

Voir **Fiche 33**

4 Homo sapiens... :

> b. appartient au genre Homo car il possède une aptitude à la course, un développement cérébral important et une mâchoire en V.

Voir **Fiche 34**

5 La probabilité qu'une personne malade réagisse positivement à un test médical est :

> a. La sensibilité du test.

Voir **Fiche 42**

6 Le seul facteur qui n'intervient pas sur la valeur prédictive positive d'un test médical est :

> c. La taille de la population. La valeur prédictive dépend de la sensibilité et de la spécificité et de la proportion de malades dans la population.

Voir **Fiche 42**

7 Parmi les affirmations suivantes, laquelle est fausse ?

> a. Un modèle exponentiel peut aussi décrire une baisse si le taux de variation constant est négatif.

Voir **Fiche 39**

N° projet : 10267897
Dépôt légal : janvier 2021
Imprimé en France
en décembre 2020 par Clerc

MIXTE
Papier issu de sources responsables
FSC® C022030
www.fsc.org

Bordas est un éditeur qui s'engage pour la préservation de l'environnement et utilise du papier issu de forêts gérées de manière responsable et d'autres sources contrôlées.